LA PETITE VOLEUSE

LA PETITE VOLEUSE

Mise en scène
de Claude Miller

Scénario original
de François Truffaut
et Claude de Givray

FRANCE LOISIRS
123, boulevard de Grenelle, Paris

Édition du Club France Loisirs, Paris,
avec l'autorisation de Christian Bourgois éditeur.

ISBN 2-7242-4949-6

LA PETITE VOLEUSE

Mise en scène: Claude Miller

Scénario original: François Truffaut et Claude de Givray

Adaptation et dialogues: Claude Miller, Luc Béraud, Annie Miller

Coproduction: Orly Films, Renn Productions, Ciné Cinq, Les Films du Carrosse, Sedif.

avec la participation

du Centre national de la Cinématographie

Distribution

Janine Castang	Charlotte Gainsbourg
Michel Davenne	Didier Bezace
Raoul	Simon de La Brosse
André Rouleau	Raoul Billerey
Tante Léa	Chantal Banlier
Mauricette	Nathalie Cardone
Séverine Longuet	Clotilde de Bayser
Jacques Longuet	Philippe Deplanche
Kebadian	Marion Grimault
Raymond	Erick Deshors
Pascouette	Rémy Kirch
Mère Busato	Renée Faure
Jeune Curé	Claude Guyonnet
Sacristain	Jacques Herlin
Brigadier	Gilbert Bahon
Directrice école	Catherine Arditi
Monsieur Fauvel	Pierre Maguelon
Directrice Pigier	Marie-Thérèse Orain
Cohen	Sherif Scouri
Sœur Marie-Odile	Joelle Bruyas
Bonnin	Clothilde Baudon
Directeur Folies	Jacky Nercessian
Réceptionniste hôtel	Annie Legrand
Fermière	Chantal Neuwirth
Doctoresse	Denise Chiabaut
Menuisier	Florent Gibassier

Entretien
avec CLAUDE MILLER

– Connaissiez-vous le synopsis de François Truffaut et Claude de Givray à l'époque où vous travailliez sur les films de François?

J'en entendais beaucoup parler, mais je ne le connaissais pas. Pendant les dix ans de ma collaboration avec François, j'ai entendu parler de *la Petite voleuse* par l'intermédiaire de Claude de Givray, Suzanne Schiffman, ou d'autres. Je savais donc que c'était en projet, mais je ne savais pas du tout de quoi il s'agissait. Et puis un jour – c'était juste après *Jean de Florette* – Claude Berri me dit que François, avant de mourir, lui avait confié les deux scénarios qu'il n'avait pas eu le temps de tourner: *la Petite voleuse* et *l'Agence Magic*, en le chargeant ou bien de les mettre en scène lui-même ou bien de trouver des metteurs en scène pour le faire... Voilà comment Claude Berri m'a proposé *la Petite voleuse*. Il m'a donné à lire ces fameuses trente pages... Et j'ai tout de suite eu envie de faire le film, d'adapter le synopsis pour en faire un scénario. Pourquoi? Parce que tous les thèmes brassés dans ces trente pages, et il y en avait beaucoup, me séduisaient et qu'ils me semblaient faire partie de ma famille de thèmes: l'enfance, le passage de l'adolescence à l'âge adulte...

Il y avait aussi l'époque et le milieu, qui correspondaient à ma jeunesse et à la classe sociale à laquelle j'appartenais quand j'avais l'âge de Janine. Et puis il y avait une autre raison, fondamentale : je cherchais à faire un autre film avec Charlotte. Nous étions en 85, Charlotte avait quinze ans. Le temps que le film se monte et que le scénario soit prêt, elle aurait l'âge du rôle.

– Il y a votre collaboration avec François Truffaut, bien sûr, mais il y a aussi vos propres films sur le sujet: la Meilleure façon de marcher *et* l'Effrontée. *On entend même la chanson « la meilleure façon de marcher » pendant le générique de* la Petite voleuse. *Est-ce que, finalement,* la Petite voleuse *n'est pas le dernier volet d'une trilogie sur l'adolescence?*

Il est sûr qu'avec *la Petite voleuse*, je n'ai pas l'impression d'être éloigné de certains de mes films. Et quand je dis ça, je pense en effet à *la Meilleure façon de marcher* et à *l'Effrontée*, parce que ce sont des films qui tournent autour du thème de la jeunesse, et d'une jeunesse un petit peu délinquante. Dans *la Meilleure façon de marcher*, la déviation supposée de Bouchitey entrait dans le domaine de la transgression. Dans *l'Effrontée* était sous-entendu un problème de mythomanie, puisqu'elle croit et veut faire croire à tout le monde qu'elle va partir avec la petite pianiste. Il y avait déviation, transgression de quelque chose. Là, c'est une petite voleuse; nous sommes encore dans le domaine de la transgression, et dans un âge tendre. C'est sûrement pour cela que j'ai dit oui à Claude Berri après avoir lu le synopsis. Je me sentais complètement dans mes marques avec ce genre de sujet.

– Sauf que je dirai que l'Effrontée *a un côté*

plus « apaisé » que celui-là, qui est nettement plus fiévreux, plus noir, plus révolté.

Oui, bien sûr. Dans *l'Effrontée*, Charlotte Castang n'avait qu'un seul problème, celui de son désir; elle avait peu de problèmes annexes. La petite voleuse, Janine Castang, a beaucoup plus de problèmes. C'est une vraie délinquante. Elle est amenée à côtoyer le pénal, passe par une maison de redressement, et pourrait plonger dans une plus grande délinquance encore. Dans les prémices même du projet de François, il y avait quelque chose de plus âpre qui s'apparentait un peu aux *Quatre cents coups.*

– *La grande différence avec* les Quatre cents coups, *c'est la sexualité qui joue un rôle important dans la révolte et l'évolution du personnage.*

Tout à fait. Mais c'était dans le synopsis de François. Il y avait très peu de répliques dans ce synopsis, mais j'ai gardé toutes celles qui avaient trait à la sexualité. Quand Janine dit au curé, pour se sortir du pétrin où elle s'est mise : « Demandez-moi tout ce que vous voudrez, je dirai « oui » et vous me laisserez partir », ou quand elle dit à l'homme de quarante ans, le premier soir de leur rencontre : « Si on se voit cinq fois, la cinquième fois vous me le demanderez. Alors demandez-le-moi tout de suite », il y a chez elle une demande qui était dans le scénario de François. Il y avait autre chose dans ce scénario, que j'ai éludé par manque de temps, ou manque d'inspiration peut-être, et qui était la vie commune avec Mauricette et l'amant de Mauricette. C'était une espèce de plongée, dans une sorte de marasme, de promiscuité sexuelle assez insolite dans l'univers de François. Je n'ai pas traité cela; par contre, j'ai été passionné par cette demande de Janine, qui est le masque d'un manque affectif complet. J'ai connu, dans ma jeunesse, dans la banlieue où je vivais, des jeunes filles de quinze, seize ans qui avaient une demande sexuelle très importante; qui, comme Janine, chahutaient sur les buttes avec « les gars de la verrerie », comme on dit dans le film. C'étaient des gosses, pas du tout des nymphomanes, qui avaient un manque affectif dû à leur milieu social ou familial, et qui trouvaient dans le « chahut » assez poussé – qui était à la limite de la sexualité réalisée, quand ça ne l'était pas d'ailleurs – ce qui répondait à ce manque affectif.

– On parle très souvent de la « gentillesse » de Truffaut. Or, ce qui me frappe dans ses films, c'est la violence des sentiments, le côté obsessionnel. On retrouve cette violence-là dans la Petite voleuse*; et elle recoupe une violence qu'on trouve dans vos films. Je pense à* Dites-lui que je l'aime *ou* Mortelle randonnée.

Oui, c'est possible. Je ne me rappelle pas les termes exacts, mais François disait quelque chose comme: « Je n'admets la violence au cinéma que lorsqu'elle est sentimentale. » Et cette violence a toujours été dans ses films. Il suffit de revoir *la Peau douce, les Deux Anglaises et le continent, la Sirène du Mississippi, la Femme d'à côté*. Dans ces films, les personnages ne font pas de quartiers avec leurs sentiments. A partir du moment où ils sont embarqués dans une passion, ils vont jusqu'au bout. Entre François et moi, il y a eu un voisinage. Parce que nous nous intéressions aux mêmes choses. Il y a une familiarité de sujets par exemple entre *la Femme d'à côté* et *Dites-lui que je l'aime*, qui est flagrante. Je me souviens très bien que lorsque je préparais *Dites-lui que je l'aime*, François, qui était au courant de mes projets, m'a dit: « Ah, vous allez faire *Ce mal étrange* de Patricia Highsmith! J'avais pensé à le faire. » De mon côté, si j'étais tombé sur *la Sirène du Mississippi* ou *la Peau douce* avant lui, j'aurais eu envie de les faire... certainement.

– *L'épisode de la maison de redressement est moins important dans le synopsis. Vous l'avez beaucoup développé.*

Pour deux raisons. D'abord parce que c'est un univers qui m'inspire. J'avais envie, par goût personnel, de filmer, pendant une semaine, un groupe de filles délinquantes, violentes, dures. J'aime ces ambiances-là. Et puis, il y avait une chose qui me tenait à cœur : je voulais qu'il y ait, à la fin du film, une ouverture sur un espoir, une passion. De façon que, métaphoriquement, Janine parte avec une sorte de bagage. J'ai choisi la photographie. Comme je voulais que ce soit Mauricette, sa copine de la maison de redressement, qui fasse son éducation, j'ai été obligé de gonfler quantitativement et dramatiquement l'épisode des « Bons Pasteurs », la maison de redressement en question.

– *Dans le film, les adultes ne sont pas très brillants?*

Pas brillants, c'est sûr. Mais je crois que François détestait les héros, les machos, les fiers-à-bras. Et moi aussi. Il se trouve que je n'aime pas beaucoup les personnages qui ne font que des choses positives. J'aime bien ceux qui ont des faiblesses, même des lâchetés et des veuleries, et ça me paraît bien naturel et humain. Par exemple, je crois que n'importe quel homme marié dans une situation d'adultère réagirait de la même façon piteuse que mon personnage de *la Petite voleuse*. Pour moi, ça ne le descend pas; ça lui donne plutôt un surcroît d'humanité.

– Et ça rend d'autant plus forte la révolte de Janine?

Bien sûr, parce que les adolescents ne font pas de quartiers, eux... C'est toujours intéressant de confronter des gens qui ont vécu et sont prêts à faire des compromis avec l'existence, à ceux qui n'en font pas du tout, c'est-à-dire les jeunes. C'est un grand sujet qui me plaira toujours.

– Nous sommes un peu obligés de parler des Quatre cents coups. *Vous avez dû y penser pendant le tournage?*

J'y ai pensé deux fois, en termes de mise en scène. Par exemple, j'ai été confronté à une scène semblable à une autre, célèbre, des *Quatre cents coups*: la première fois qu'elle connaît la prison, quand elle est dans la gendarmerie. Mais je n'ai pas revu le film de François à partir du moment où j'ai commencé à travailler sur *la Petite voleuse*. Donc, je n'en ai qu'un souvenir affectif et nébuleux. Mais j'avais dans la tête la scène du commissariat de police de François quand j'ai fait la mienne. La seconde chose a été coupée au montage. Dans le film, on ne la voit plus voler le guide-chant; on ne voit que le résultat, quand on retrouve l'objet volé devant la brocante. Mais j'ai tourné la scène où elle le vole. Et c'était un peu comme quand Jean-Pierre Leaud vole la machine à écrire dans *les Quatre cents coups*, c'est-à-dire la nuit, en cavalant, en portant un truc trop lourd. Je ne l'ai pas montée parce qu'elle ne s'accordait pas au rythme du reste.

Mais ce qui est important de savoir, et que peu de gens savent, c'est que François a voulu toute sa vie faire *la Petite voleuse*. En principe, *les Quatre cents coups* devait être un film avec, en parallèle ou entrecroisés, un personnage masculin qui était Antoine Doinel, et un personnage féminin, Janine. De Givray m'a dit que François avait tellement de matériel sur Doinel qu'il a laissé tomber la petite voleuse. Mais cela veut dire qu'il a pensé toute sa vie cinématographique à faire un film sur la petite voleuse. Il a accumulé des notes et, en principe, cela devait être le film juste après *Vivement dimanche!*

– On retrouve aussi Truffaut dans les deux dragueurs au cinéma, les allusions au Roman d'un tricheur, *l'importance des livres, etc.*

Oui, un petit coup de chapeau à Guitry en passant. La présence des livres était dans le synopsis; comme le personnage de l'homme de quarante ans qui est à la fois l'amant et l'éducateur. C'était les grands thèmes de François : l'amour et l'éducation.

– Le film s'ouvre et se termine sur des chansons « enfantines » bien précises?

Oui. Pour la chanson du début et de la fin, je ne suis pas parti de François mais de Vigo et de *Zéro de conduite*. Je voulais que le film, bien qu'âpre, violent et assez noir, commence et se termine avec vaillance, parce que la jeunesse c'est l'espoir, et que rien n'est perdu quand on a dix-sept ans. Je voulais une fin à la Renoir, à la Vigo, une fin où l'on part sur une route. Il fallait que le son soit à la hauteur de ça : quelque chose de martial, de vaillant et de jeune. J'ai donc cherché dans les chansons de marche... Et, comme par hasard, je suis retombé sur « la meilleure façon de marcher », qui n'est pas du tout une espèce d'auto-hommage, mais, en fait, un pot-pourri de chansons de marche.

– Et la chanson de « la petite hirondelle »?

C'est un souvenir d'école. Elle est très cruelle,

et elle est en rapport avec ce qui se passe, puisque c'est l'histoire d'une petite fille qui a volé trois sacs de blé.

– Est-ce que l'amour de la photo n'est pas un espoir vers le cinéma, une carrière artistique?

Il est certain que j'ai pensé à François et aux rapports que l'on connaît de François avec Bazin. S'il n'avait pas rencontré Bazin, il serait sans doute tombé dans la délinquance; il l'a dit lui-même. Il ne serait pas devenu ce qu'il est devenu. J'ai donc eu envie de donner une chance à Janine Castang. Je n'ai pas choisi le cinéma, parce que ça me paraissait un peu complaisant et facile. Mais j'aurais aussi bien pu choisir le dessin, la peinture, la musique. Je n'en sais rien. Je ne crois pas que Janine va devenir une grande photographe, mais elle part avec un bagage, quelque chose qui l'intéresse. Peut-être que cet appareil photo va la suivre toute sa vie, et peut-être deviendra-t-elle photographe, comme François est devenu cinéaste.

– Il y a aujourd'hui, dans le cinéma mondial, beaucoup de films mettant en scène des adolescents. La Petite voleuse *me paraît très juste sur le sujet, parce que débarrassé de tout folklore, d'un langage pseudo-branché ou autre...*

Ce qui m'a peut-être sauvé, c'est l'époque... Même si je l'avais voulu, je ne pouvais pas faire parler « branché » puisque l'action se déroule en 1950. J'ai plutôt essayé de retrouver certaines façons de parler de ma jeunesse à moi; et j'ai fait appel à mes souvenirs. Dans mes films – et les gens qui me connaissent me le disent – on parle comme moi je parle. Un langage un peu populaire, qui vient de mes origines. Je me suis beaucoup fié à mes souvenirs personnels, et tant mieux si ça paraît authentique.

– Est-ce que le personnage n'a pas quelque chose à voir avec celui de Mortelle randonnée, *qui est plus âgé, bien sûr; mais la fille qu'elle ramasse sur la route, Betty, pourrait bien être Janine?*

Oui bien sûr. C'est sûrement pour ça qu'elle m'a séduit, Janine, parce que j'aime les personnages qui transgressent, et la petite voleuse transgresse dès le départ. Elle vole (un peu comme Marnie à qui je pensais beaucoup pendant *Mortelle randonnée,* ce personnage qui voyage, change de train, se déguise, etc.) et elle n'arrête pas de fuir, de partir d'où elle est, en général en emportant la caisse, comme Marnie.

– Elle n'emporte pas la caisse du cinéma, contrairement au synopsis?

Non. Je l'ai tourné, mais pas monté. Je voulais que la salle de cinéma, dans le film, soit liée à l'amour. C'est l'endroit où on rencontre des amoureux potentiels. Je crois que c'est l'autobiographie de tout le monde; beaucoup de jeunes ont commencé à flirter dans les salles obscures. Dans le film, c'est au cinéma qu'elle rencontre un homme important dans sa vie et c'est au cinéma que ça se termine, puisque c'est là qu'elle voit Raoul, son autre amant, partir pour la guerre. Ça me plaisait que la dramatisation se fasse dans une salle de cinéma.

– J'aimerais bien qu'on dise quelques mots de Charlotte Gainsbourg, que je trouve vraiment étonnante.

Elle m'a encore étonné, cela pour la deuxième fois. Mais encore plus, parce que sur *l'Effrontée* il y avait, bien sûr, ce don inné de comédienne qu'elle a, mais aussi la grâce et la fraîcheur de l'enfance, qui arrangent beaucoup de choses. Tandis que là, elle confirme qu'elle est une vraie comédienne. A mon avis, c'est une actrice qui va jouer toute sa vie. Elle est comme Katharine Hepburn à dix-sept ans (je dis Katharine Hepburn parce que c'est une grande tige, comme elle, avec un côté un peu androgyne parfois, dont on ne peut pas dire « elle est belle ou pas belle »), avec un côté populaire, et une facilité extraordinaire à passer d'une classe sociale qui est la sienne (elle a été élevée dans le XVIe arrondissement, à Paris) à celle de ses personnages dans le film. Elle est complètement crédible en fille populaire. Une autre différence : ce qui intéressait surtout Charlotte Gainsbourg dans *l'Effrontée*, c'était l'équipe, l'ambiance, huit semaines de vacances; maintenant elle prend vraiment du plaisir à travailler, à jouer la comédie, à aborder une scène, à la jouer bien. Vivement qu'on la voie dans d'autres films; avec d'autres metteurs en scène. Forman lui a proposé le rôle de Cécile Volange dans *Valmont*, mais elle était déjà engagée sur *la Petite voleuse*. Il faut montrer qu'elle n'est pas seulement la fille qui tourne avec son père ou avec moi, mais que c'est une actrice. Elle a une technique et un talent innés, qu'elle cultive maintenant, comme n'importe quelle comédienne. Ce n'est plus une enfant prodige, c'est fini. C'est une vraie comédienne.

– La Petite voleuse *est aussi un film d'époque. Comment vous y êtes-vous pris pour reconstituer les années cinquante?*

Mes sources d'inspiration étaient très simples : ce que j'avais dans la mémoire, ce sont les films de ces années-là, c'est-à-dire les grands Duvivier, les grands Autant-Lara, les grands Becker et même des petits films comme *Papa, maman, la bonne et moi.* Pour la province, j'ai beaucoup pensé au Bresson du *Journal d'un curé de campagne* et à tous les films en noir et blanc de ces années-là. Les films avec Françoise Arnoul, un peu naturalistes avec des histoires d'avortements : *Des gens sans importance*, Verneuil, etc. C'est le souvenir affectif que j'ai de ces années-là. D'ailleurs, au début, je voulais faire le film en noir et blanc. Mes souvenirs sont en noir et blanc. J'ai fini par trouver une espèce de parti pris : sans couleurs vives (des gris, beiges, marrons). Mon premier souvenir de film aux couleurs vives, c'est beaucoup plus tard, *Mon oncle* de Tati... Et puis je me suis beaucoup servi des photos de Doisneau pour l'ambiance, les costumes, les décors.

(Propos recueillis en novembre 1988
par François Guerif).

1

1950.
Une petite ville du centre de la France.

- Mesdemoiselles, on-se-lève...!!!

A ces mots, les trente filles de la classe du cours complémentaire se dressent hors de leur pupitre.

Parmi elles, Janine (seize ans), les mains sagement croisées derrière le dos. Les yeux fixés sur madame la Directrice qui vient d'entrer et s'est dirigée vers l'estrade après avoir salué la Prof.

Faisant coulisser la glissière d'une grosse boîte en bois, la Directrice en déverse bruyamment le contenu sur le bureau.

Trente petits cadenas.

LA DIRECTRICE. – Alors voici, mesdemoiselles, voici trente cadenas qui vont coûter la bagatelle de 3 500 francs à vos parents!

Avec ces cadenas, vous pourrez boucler vos casiers... et j'espère que je n'entendrai plus parler ni d'argent, ni de montres, ni de vêtements volés dans les vestiaires.

Silence. Puis la Directrice, pesant bien ses mots :

LA DIRECTRICE. – Il y a, cette année, une « brebisgaleuse » à *Marcelin-Berthelot*. Un nom circule. Celui d'une élève de « votre » classe.

Aussitôt, les regards de plusieurs filles convergent vers Janine. Qui ne bronche pas.

LA DIRECTRICE. – Mais moi, tant que je n'aurai pas de preuves, je ne pourrai que conseiller à la voleuse de se méfier... Car si ces vols se reproduisaient, je serais bien obligée d'en informer la police. – N'est-ce pas madame Lagache?

Pour toute réponse la prof hausse les épaules, d'un petit air fataliste et consterné.

LA DIRECTRICE. – Et croyez-moi, les policiers n'auront pas mes scrupules. Ils savent employer des méthodes qui leur permettent très facilement de confondre un coupable.

Un temps, puis...

– Bon... dans le silence et à tour de rôle, en répondant « présente » à l'appel de votre nom.

Petit ballet. Chaque élève quitte sa rangée pour venir chercher son cadenas.

– Abeille Chantal?
– Présente.
– Bigeaix Odile?
– Présente.
– Cassagne Suzanne?
– Présente.

Cassagne Suzanne – une grande bringue blondasse – reluque Janine au passage, avec insistance. Janine lui lance, dans un murmure :

JANINE. – Tu veux ma photo?

LA PROF. – Castang Janine?

JANINE. – Présente.

2

Quelques heures plus tard, son cartable à la main, Janine traverse un boulevard.
A toute allure, comme tout ce qu'elle fait.
Copieusement klaxonnée par les autos.

Elle pénètre dans le square municipal.
Se dirige droit vers les toilettes publiques, dites « Chalets de Nécessité ».
Disparaît à l'intérieur.

Dans une des cabines, hissée sur le couvercle du « trône », elle échange aussitôt son cartable contre un sac de dame planqué au-dessus de la chasse d'eau.
En sort un petit poudrier bon marché. L'ouvre. Examine son museau.
Sourit. Un peu de rouge sur les lèvres et les joues.
Sous la porte à claire-voie – on ne voit que ses pieds – elle ôte vite fait ses socquettes.
Enfile des bas nylon.
Puis des chaussures à talons hauts.

Elle sort de l'édicule.
Elle n'a plus son cartable d'écolière.
Sur ses talons et dans ses bas, elle trottine dare-dare vers le centre-ville. C'est ce que

Janine préfère. C'est gai. Animé. Les cinémas et les magasins les plus intéressants s'y trouvent.

Au-dessus d'une porte cochère, un haut-parleur diffuse un des succès du jour: *Chanteville,* par Jacques Hélian et son orchestre:

Un poète aimait une fillette,
La fillette était belle comme le jour.
Le poète le cœur tout en fête.
A tue-tête chantait son amour

Chantons chantons chantons partout
Nos serments, nos baisers, nos caresses,
Chantons chantons chantons partout
Mon aimée, ma douceur, ma tendresse...

Au *Kursaal,* on donne *l'Épave,* avec Françoise Arnoul. Un film osé.

Janine s'arrête pour regarder les photos.

Sur l'une d'elles, la robe de l'actrice, entrouverte, laisse deviner sa poitrine. La main de Janine se porte machinalement vers la sienne peu importante.

Puis son regard est attiré par un Dodge kaki des forces U.S. qui vient se garer juste en face du cinéma, devant l'entrée d'un petit hôtel.

Dans la voiture, un G.I. et une jolie fille s'embrassent gentiment.

Janine les épie.

Rien à faire : les amoureux, ça la fascine et ça l'énerve. Ça l'énerve d'être fascinée.

Surtout ceux-là. Ils ont l'air de se plaire. La jolie fille glisse une cigarette dans le bec du G.I. Rires. Ils finissent par sortir de l'auto, se dirigent à présent vers l'hôtel, très absorbés l'un par l'autre.

Janine a son drôle de sourire figé, celui qui prélude aux bêtises.

Elle se décide à traverser la rue, tourne autour du Dodge.

La fenêtre d'une des portières avant est ouverte.

Janine regarde un instant vers l'hôtel où le couple a disparu puis vers la boîte à gants d'où dépasse une belle cartouche de Lucky.

Vite...

La main de Janine part en avant.

Plonge dans la boîte à gants.

Revient avec les cigarettes.

Elle s'enfuit.

Jacques Hélian et son orchestre s'époumonent :

> *Chantons le matin, chantons le soir*
> *Nos soupirs, nos désirs, nos risettes,*
> *Dans notr' chambre ou sur le trottoir,*
> *Chantons tout ce qui nous passe par la tête...*

Plus loin, une ruelle.

Stop!

Janine tremble d'excitation.

La cartouche de cigarettes ne veut pas rentrer dans son sac à main.

Elle n'en garde que cinq-six paquets, jette le reste dans un soupirail.

Repart en courant.

Le magasin *les Folies de Paris.* Vêtements pour dames. Spécialité de lingerie.

Devant un éventaire, le rose monte aux joues de Janine.

Sa main effleure une petite « nuisette » rose.

Elle adore toucher le satin cette douceur...

Elle est en nage.

Elle vérifie bien que le directeur du magasin – un type mince à moustaches qui discute là-bas avec les clientes – ne lui prête pas attention, puis tout va très vite.

Janine soulève sa robe.

En coince le pan entre ses dents.

Passe autour de ses reins la lingerie convoitée.

Laisse retomber sa robe par-dessus.

Se dirige vers la sortie.

Le tout en quelques secondes.

Bruit de clochette de la porte.

La jeune fille s'éloigne sans être inquiétée.

3

Un faubourg de banlieue.
Les ombres des marronniers s'étirent.
Un autobus dépose Janine, rhabillée en écolière, sur la place de l'église.
Elle s'éloigne dans une ruelle...

Cour de terre battue.
Trois gamins shootent un ballon dégonflé.
Un petit chien ratier folâtre.
Près des immeubles précaires d'un ou deux étages, une camionnette fatiguée... On peut lire sur la portière :

A. ROULEAU, FROMAGER

Oncle Rouleau (costaud débonnaire, la cinquantaine) en sort des cagettes qu'il dépose contre un appentis, avant de disparaître chez lui, au rez-de-chaussée.
Tante Léa – quarante ans, petite, robuste, dure à la tâche – revient de la pompe à eau, transportant à bout de bras une lourde cuvette pleine de linge.
Janine se pointe.
Tante Léa lui lance, sarcastique, au passage :

LÉA. – On t'a pas attendue pour souper hein Janine, on s'excuse!

Janine, sans s'arrêter :

JANINE. – C'est pas grave. J'ai pas faim.

Léa se dirige vers la corde à linge.

LÉA. – T'as jamais faim, toi! On dirait pas que t'as connu la guerre... tu poseras ton fourbi, hein, tu viendras m'aider!

JANINE. – Ouais, ouais...

La jeune fille rentre dans le logement des Rouleau par la fenêtre. Hop! une caisse vide sert de marchepied. Elle a l'habitude. C'est son « truc » pour rentrer ou sortir ni vu ni connu quand l'occasion l'impose.

Dans son coin-chambre – un lit, une étagère – elle soulève sa robe en vitesse, retire la lingerie volée, la planque derrière son lit.

Léa lui crie encore depuis la cour :

LÉA. – T'entends grande seringue...? commence pas à flemmarder, hein, c'est pas l'heure...!

JANINE. – J'arriii-veuh...!

Elle passe dans la cuisine-salle à manger du logement exigu.

Attablé, oncle Rouleau a repoussé les restes du repas.

Il se livre à son passe-temps favori : le « pantographe » (petit appareil permettant par un ingénieux système mécanique de reproduire au trait n'importe quel modèle).

Ce soir, lunettes sur le nez, il « dessine » la cathédrale de Chartres...

Janine chipe une pomme sur le bahut.

JANINE. – B'soir...

Rouleau, sans lever le nez de son dessin :

ROULEAU. – Bonsoir qui? bonsoir mon chien?

Moue de Janine : les politesses, ça lui coûte.

JANINE. – Bonsoir tonton.

ROULEAU. – T'as pas soupé?

JANINE. – Si. J'ai goûté.

ROULEAU. – Goûter c'est pas souper. Remarque, je m'en fous hein... si tu veux garder la ligne haricot vert.

JANINE. – C'est quoi la ligne haricot vert?

ROULEAU. – Ben c'est le nioulouke, le genre sac d'os. Tu connais pas ça le genre sac d'os? Le genre à ta mère, là, qu'arrêtait pas de tomber par terre à force de rien manger...

JANINE. – Eh ben! Et si c'était pour plaire?

ROULEAU. – Ah ben si c'était pour plaire alors, on peut dire qu'elle a réussi. T'en es même la preuve vivante.

Janine hausse les épaules, marmonne : « Je m'en fous »... Les sarcasmes concernant sa mère, elle a l'habitude.
Léa rentre de la cour, un paquet de linge humide dans les bras... A Janine :

LÉA. – Alors? Qu'est-ce tu fabriques?

Elle jette brutalement le paquet de linge vers Janine qui le bloque en râlant.

JANINE. – Mais t'arrives juste quand j'allais venir!

LÉA. – C'est ça, beau masque, joue-moi du violon.

JANINE. – Je joue pas de violon!

ROULEAU. – Mais arrêtez de causer, toutes les deux, ça me fait tromper! Tiens regarde-moi ça, c'est tout biscornu mon affaire à présent.

Il biffe et gomme.
Léa s'approche, considère le dessin pardessus l'épaule de Rouleau, compare avec le modèle, constate :

LÉA. – Ça ressemble, dis donc...

ROULEAU. – Ben évidemment ça ressemble. Sinon c'est pas la peine. Je fais pas des Picasso, moi, je fais des trucs qui ressemblent.

Janine, ça la fait marrer. Pas longtemps. Car en sortant pour aller pendre le linge, elle aperçoit depuis le seuil une voiture arriver dans la cour.
La jeune fille se décompose...
C'est le directeur des *Folies de Paris* en personne qui sort de l'auto, l'air farouche, terriblement déterminé...
Quelques instants plus tard, Janine, blême, attend que le ciel lui tombe sur la tête.
Léa est très « remontée ».

LÉA. – Je ne m'énerve pas, monsieur, je vous demande seulement si vous avez des preuves!

Le directeur des *Folies de Paris* essaie de garder son calme :

LE DIRECTEUR. – J'en ai madame : j'ai le témoignage d'une cliente, qui a vu votre fille.

Léa le coupe :

LÉA. – D'abord, Janine, c'est pas ma fille, c'est ma nièce, primo! Ensuite, cette cliente, elle a qu'à venir ici, me le dire à moi, en me regardant droit dans les yeux!

LE DIRECTEUR. – Droit dans les yeux, droit dans les yeux...

Toujours assis derrière son « pantographe », Oncle Rouleau veut jouer les conciliateurs:

ROULEAU. – Écoute Léa, si tout le monde parle à la fois, on va plus s'entendre.

LE DIRECTEUR. – Je vous dis que votre nièce a passé la nuisette sous sa robe et que le signalement concorde avec celui d'Éliane, ma première vendeuse, au sujet de la disparition d'une étole la semaine dernière et...

LÉA. – Bon alors moi, *passer la nuisette sous sa robe,* je m'excuse hein, mais je comprends rien à ce que vous racontez, monsieur, et puis c'est quoi une « étole » d'abord?

LE DIRECTEUR. – Mais madame, une étole... parce qu'aujourd'hui c'est une petite nuisette en simili qui va chercher dans les quatorze mille, mais la semaine dernière, c'est un renard à « plus de cent mille » qu'elle nous a fauché!

LÉA. – « Plus de cent mille? » Non mais dites, il était fabriqué en quoi votre renard???

Coin-chambre de Janine. Son lit au premier plan. Entrée des trois...

ROULEAU. – Oh! et puis vous n'avez qu'à fouiller sa chambre, après tout, vous verrez bien! Voilà son lit! Voilà ses livres de classe! Vous voulez quoi monsieur? Qu'on regarde derrière le lit? Eh bien d'accord, on regarde derrière le lit!

Rouleau déplace le lit.
Silence.
Accablement.
Dans un renfoncement, le « butin ».
Stylos. Encriers. Trousses. Livres. Outils. Bijoux de Prisu. Cartouches d'« américaines ».
Beaucoup de vêtements et de sous-vêtements.
La plupart portent encore leurs étiquettes.
Tout ce que Janine a fauché au cours des derniers mois.

ROULEAU. – Merde alors...!

Maintenant, le directeur des *Folies de Paris* trie les vêtements sur la table de la cuisine.

LE DIRECTEUR. – Ça c'est ma jupe, ça c'est mon renard...

Il le secoue sous le nez de Léa...

LE DIRECTEUR. – Vous vouliez savoir ce que c'est qu'une étole à cent mille, madame Rouleau? Eh bien voilà ce que c'est! Tiens, et ça? C'est pas *les Folies de Paris* ça? Regardez, y a encore les étiquettes.

Il prend un ton graveleux pour s'adresser à Janine:

LE DIRECTEUR. – Dites mademoiselle, vous auriez un petit penchant pour la lingerie fine que ça m'étonnerait pas, hein?

Culpabilisée à fond, Janine, le visage fermé, se malaxe le bras. Son tic pour les situations sans issue.
Léa et Rouleau sont très secoués. Surtout

Rouleau, assis sur un tabouret, le front dans les mains.
Le directeur rassemble les vêtements.

LE DIRECTEUR. – Bon. Moi, j'ai assez ri... il nous reste plus qu'à prévenir les gendarmes... mais je suppose que vous n'avez pas le téléphone...?

Léa cherche à l'apitoyer :

LÉA. – Qu'est-ce que vous croyez...?

Le directeur les considère, embêté... il soupèse, hésite, puis, condescendant :

LE DIRECTEUR. – Bon, je suis pas une brute... mais c'est vraiment parce qu'on est entre commercants, hein...? Vous avez de la chance d'être tombés sur moi...

LÉA. – Oh! merci, monsieur, merci beaucoup...! *(A Janine).* Tu pourrais pas dire merci toi...? Ça t'écorcherait la bouche...?

Janine reste cadenassée...

LE DIRECTEUR. – C'est un monde, ça. Il faut sévir, messieurs-dames croyez-moi. *(Il sort.)* Enfin, le principal, pour moi, c'est que j'ai récupéré la marchandise.

JANINE. – Ouais, même celle qu'est pas à lui!

Ça lui a échappé.
Plaf! Elle s'en prend une sévère de Léa. Un acompte.

Dès que le commerçant est parti, Rouleau se rue sur Janine. Violence malhabile des mous. Il la course à travers le petit logement. Janine tente de se dérober, dérape, se cogne à la table.
Une cuvette dégringole.

Bing ba da dong!

LÉA. – Arrête André, tu vas la tuer, avec tes sales pattes, là! Arrête!

Rouleau secoue Janine. Sa colère est violente mais plaintive.

ROULEAU. – Qu'est-ce t'as? Mais qu'est-ce t'as Janine à la fin des fins? Merde alors! Je veux plus être emmerdé comme ça par les commerçants moi, t'as compris?

Il envoie dinguer sa nièce contre le mur, fait quelques pas bouleversés vers le coin-chambre, s'adresse à Léa:

ROULEAU. – Regarde-moi ça, mais regarde-moi ça toute cette marchandise! Y en a pour des mille et des cents là-dedans! Qu'est-ce qu'on va en faire? *(Il hurle.)* Mais qu'est-ce qu'on va en faire?

4

Aux limites de la ville, les « Jardins-Ouvriers » : labyrinthe de petits potagers où bêchent et sarclent les « maraîchers du dimanche ».

Dans le pré qui longe les clôtures, Léa et Janine poussent leur vélo devant elles. Le « butin » de la « voleuse », empaqueté dans des ballots sur les porte-bagages à l'avant, la jeune fille n'en mène pas large.

Léa s'arrête sur le seuil d'un jardin, appelle :

LÉA. – Ho! Pascouette? T'es là?

Dans un des potagers, un homme se redresse au-dessus de ses « plants » de chrysanthèmes; il n'a pas l'air commode :

PASCOUETTE. – Ouais...

Maillot de corps et treillis de soldat.

La quarantaine.

Petit, sec, farouche.

Un « bouc ».

Léa et Janine passent le portillon et viennent à sa rencontre. Tante Léa lui fait la bise, les yeux brillants :

LÉA. – Bonsoir « p'tit ».

Elle indique Janine d'un coup d'épaule :

LÉA. – C'est l'autre, là! on sait plus quoi faire avec elle! La dernière qu'elle a trouvé, c'est de voler de la marchandise dans les magasins.

PASCOUETTE. – Et alors?

LÉA. – Alors, Rouleau, il en est malade. Si ça s'apprend, tu vois pas? Il a dit : « Faut aller chez Pascouette, faut tout brûler. »

PASCOUETTE. – Fait chier ton mari, tu pourras lui dire. Y croit p't-être que j'ai que ça à faire?

LÉA. – Mais y poussent tes chrysanthèmes. Regarde-moi ça, on dirait des choux-fleurs.

PASCOUETTE. – Y poussent. Y poussent. Y peuvent! Je passe mes nuits à les écheniller! Je serai jamais prêt pour la Toussaint, moi, avec vos conneries!

Les trois avancent entre les « planches » de fleurs et de légumes.

C'est beau, un feu. C'est un spectacle. Presque un luxe.

Toutes ces choses chères qui flambent : les bas, les sous-vêtements, les paquets de cigarettes américaines. Leurs jolis dessins mangés par les flammes.

Au fond du jardin, Pascouette attise le brasero à la fourche devant Janine, silencieuse et fascinée.

Devant la cambuse en planches, Léa les regarde en sirotant un verre de vin.

Janine est sombre :

JANINE. – Vous avez qu'à me retirer de l'école. Vous avez qu'à me laisser travailler.

LÉA. – Travailler où? Pour faire quoi?

JANINE. – A la Crémerie. Avec Tonton Rouleau.

Léa prend un air désabusé :

LÉA. – La Crémerie, on pourrait croire! t'as vu la bouille du crémier...?

JANINE. – Pourquoi tu t'es mariée avec alors?

LÉA. – Parce que je croyais qu'un commerçant, ça gagne bien, si j'avais su.

Pascouette a laissé sa fourche, est venu s'asseoir auprès de Léa qui pose affectueusement la main sur la sienne. Ils ne se gênent pas devant Janine qui leur tourne aussitôt le dos.

LÉA. – C'est ça, fais-nous la gueule! Elle nous fait rien que des conneries, en plus elle fait la gueule! *(A Pascouette.)* Elle nous pique des sous aussi, en plein dans le porte-monnaie! Et tu sais pour faire quoi? Pour aller au cinéma, voir *le Bal des Sirènes*. Des filles qui nagent avec des plumes dans le cul, des piscines, des jets d'eau, des conneries quoi.

Janine se rebiffe :

JANINE. – Ah! Tu parles mais t'y connais rien. C'était une opérette dans les milieux riches. C'était beau. Y avait plein de chansons dans ce film.

LÉA. – Mais tais-toi donc! C'était un film cochon, je te dis. *(Un temps.)* Et avec les garçons, je te dis pas.

Janine écarquille les yeux...

LÉA. – Quoi, fais l'innocente! Je t'ai pas vue jeudi sur la redoute avec les gars de la verrerie? Ça y allait à la manœuvre! mon vieux! Ça chahutait drôlement!

Pascouette intervient placidement :

PASCOUETTE. – Déjà sa mère était comme ça.

LÉA. – T'as raison, c'est tout Louise. Les chansons, le cinéma, le cinéma, les chansons. *(A Janine.)* Et t'as vu ce qu'elle a gagné, ta mère, à la Libération?

JANINE. – Ouais, c'est facile de dire du mal des gens quand ils sont pas là. Vous lui diriez pas ça devant elle, à ma mère.

PASCOUETTE. – Si t'avais pas eu ton oncle et ta tante Rouleau? où tu serais à présent, tu peux le dire?

Janine marmonne sombrement :

JANINE. – De toute façon, un jour, j'irai la rejoindre.

LÉA. – C'est ça, compte là-dessus!

JANINE. – Parfaitement. Elle me l'a écrit.

LÉA. – Baratin!

JANINE *(âprement)*. – Si, c'est vrai! Elle me l'a écrit! Elle m'a écrit pour me dire où elle était en Italie, et que j'aille la rejoindre!

LÉA. – Baratin, je te dis! Où elle est la lettre?

Silence.

LÉA. – T'iras me la chercher, je veux la voir!

PASCOUETTE. – Si elle avait voulu t'écrire, ta mère, depuis cinq ans, tu crois pas qu'elle l'aurait déjà fait?

Y a que la vérité qui blesse. Janine se cramponne à son mensonge, murmure :

JANINE. – Si, c'est vrai qu'elle m'a écrit!

LÉA. – Où elle est la lettre?

5

Le dimanche suivant, quelques véhicules de commerçants ambulants ont ouvert leur éventaire sur la place de l'église.

A la camionnette-crémerie, Janine aide les Rouleau dans leur commerce. Avec sérieux et compétence.

Elle enlève d'autorité une cuillerée de crème pour « faire la demi-livre ». Découpe d'instinct 250 grammes de beurre dans la motte.

Confectionne de très beaux paquets avec les journaux de l'époque (*Radar, Samedi Soir*).

Tonton Rouleau pèse une portion de fromage pour M. Fauvel, le patron *des Fauvettes*, le petit restaurant de la place.

ROULEAU. – Et le journal autour, c'est gratuit.

Il lit au passage le titre du journal qui enveloppe la marchandise :

ROULEAU. – « Si l'Armée Rouge occupait la France, que feriez-vous? »

Bonne question! Moi je ferais rien!

J'espère même qu'ils vont bientôt arriver, les popoffs, pour faire le ménage. On sera pas plus malheureux, va!

FAUVEL. – Je croyais que t'étais gaulliste, Rouleau?

ROULEAU. – De Gaulle ou Staline, mon vieux! mais rien entre les deux!

LÉA. – Il est comme tous les mous, lui, il aime les durs!

Ce disant, elle sort de l'éventaire. Elle s'absente. Janine la suit du regard.
Munie d'un panier garni de gros sandwiches au fromage qu'elle vient de préparer, sa tante rejoint l'éventaire de Pascouette, quelques pas plus loin. C'est l'heure du casse-croûte.

FAUVEL (*pendant ce temps, à Rouleau*). – Eh ben mon vieux, avec des raisonnements comme ça, on se prépare de belles années!

ROULEAU. – Mais elles sont derrière nous, les belles années, Fauvel, pendant la guerre au moins, on écrivait de l'Histoire de France... je suis un désenchanté de la Libération, moi, voilà ce que je suis.

En même temps, c'est plus fort que lui, faut qu'il regarde du côté de l'éventaire de Pascouette. La blouse blanche de la crémière y serre de près le tablier bleu du maraîcher. Ça se voit de loin.
Soudain, devant la camionnette-crémerie, une cliente se retourne:

CLIENTE. – Tiens, v'là la « faiseuse d'anges »!

Elle indique du regard, de l'autre côté de la place, deux femmes qui sortent d'une petite maison. Une vieille, en blouse de commerçante, et une jeune toute pâle à l'air angoissé.
Janine regarde aussitôt dans leur direction,

cependant qu'à l'éventaire de Rouleau, les commentaires vont bon train.

– Pauvre Mado, il était temps!

– En tout cas, la Mère Busato a gagné sa journée.

La vieille et Mado se séparent devant le tabac.

LA VIEILLE (*à Mado*). – L'argent, vous le trouverez bien.

La vieille suit un moment la jeune Mado du regard, puis rentre dans son bureau de tabac.

CLIENTE ROULEAU.– Je paierais cher pour savoir combien elle prend.

ROULEAU.– Avec quoi vous croyez qu'elle se l'est payé son bistrot?

Il brandit un couteau à découper, petite torsion du poignet.

ROULEAU. – Comme ça! En « fabriquant des petits anges »!

Janine n'en perd pas une miette. Tout ça la fascine, l'intéresse énormément. Surtout que Rouleau prend un air mystérieux pour confier à ses clientes :

ROULEAU. – Il paraît qu'y faut lui demander : « Bonjour madame Busato. Je voudrais bien une boîte d'allumettes familiale, s'il vous plaît? » Et vous la suivez dans l'arrière-boutique. C'est le « mot de passe ».

Un instant plus tard, Janine surgit dans le bureau de tabac...

JANINE. – « Bonjour madame Busato, je voudrais bien une boîte d'allumettes familiale, s'il vous plaît »?

L'œil pointu de la Mère Busato évalue l'âge et la fraîcheur de la gamine. Pas longtemps...

MÈRE BUSATO. – Et ma main sur la gueule, tu la veux?

Janine se fait virer avec pertes et fracas.

En fin de matinée, les camionnettes du marché ont commencé de plier bagages.

Janine rôde autour de l'église. Elle s'approche d'une fenêtre entrouverte, risque un œil.

C'est la cuisine de la sacristie.

Le vieux sacristain dépose une sébille d'étain sur la table – le produit de la quête – piécettes et petits billets.

Le curé, encore vêtu de ses habits de messe, range l'argent dans une boîte à biscuits. C'est un très jeune curé, les cheveux en brosse, visage rugueux de paysan.

Janine épie derrière la fenêtre.

Le jeune curé « serre » la boîte à biscuits dans le buffet.

Maintenant, Janine s'éloigne de la fenêtre, fait quelques pas sans quitter la sacristie des yeux, va s'adosser contre le mur de l'église.

Elle extrait de sa poche un petit ticket de cinéma.

Dans la cuisine de la sacristie, une heure a passé.

Maintenant, le jeune curé, en simple soutane, épluche des pommes de terre pour la soupe en compagnie du sacristain.

Soudain, la fenêtre s'ouvre sous la poussée d'un courant d'air. Le sacristain se lève pour aller la refermer. Mais ça résiste. Ça ferme mal.

Le sacristain se penche, examine le trou de la

crémone. Constate qu'il est obstrué par un petit ticket de cinéma.

Nuit.

La carotte du tabac de la Mère Busato s'éteint...

Sur la place déserte, Janine longe le mur de l'église, pressant le pas vers la sacristie plongée dans l'ombre.

Janine y pénètre facilement.

La fenêtre « préparée » s'ouvre comme prévu.

Vite, le buffet.

Janine ouvre le placard du haut, tend la main pour saisir la boîte à biscuits.

Clac! Une main la saisit brutalement au poignet.

Celle du sacristain.

Un instant plus tard, le jeune curé accourt, boutonnant sa soutane, mal réveillé, tambourinant à la porte. Le sacristain ouvre, très excité.

SACRISTAIN. – C'est pas un voleur, monsieur le Curé. C'est une voleuse.

JEUNE CURÉ. – Une voleuse?

SACRISTAIN. – Oui, c'est Janine, la nièce aux crémiers. Je l'ai enfermée dans le placard à charbon.

Il ouvre la porte d'un réduit sous l'escalier. Rai de lumière. Le temps d'apercevoir le regard de Janine blottie près d'un tas de « boulets ».

SACRISTAIN. – Allez sors de là, toi!

Janine s'extrait du réduit. Elle regarde ses pieds.

Le sacristain la pousse sans ménagement vers la cuisine.

Il se précipite au téléphone.

SACRISTAIN. – Yvonne? Vous pouvez me passer la gendarmerie, s'il vous plaît? C'est pour un vol! Oui, j'attends.

Dans la cuisine, Janine et le curé restent seuls un bref instant. Le jeune prêtre semble troublé d'avoir affaire à une fille, et si jeune...

JEUNE CURÉ. – Mais pourquoi avez-vous fait ça? Vous pouvez le dire?

JANINE. – Je sais pas.

SACRISTAIN. – Tu as honte j'espère?

JANINE. – Oui.

JEUNE CURÉ. – Mais de quoi as-tu honte? De toi? Ou de ce que les autres pourraient penser de toi?

A tout hasard, croyant que c'est ce qu'il faut répondre :

JANINE. – De ce que les autres pourraient penser de moi?

Silence. Le curé la considère : une petite sœur, à peine moins âgée. Puis Janine, subitement, le regard droit :

JANINE. – Demandez-moi tout ce que vous voudrez. Je dirai « oui », et puis vous me laisserez partir.

Une heure plus tard, le local de police, sombre, enfumé...

Seule dans la « cage », sur la sellette étroite, Janine contemple le décor.

Un gendarme qui jette des pelletées de boulets dans le Godin.

Trois autres qui cassent la croûte en silence.

Le brigadier ensommeillé qui écrit à une petite table tachée d'encre la déposition du curé et du sacristain.

Ils parlent tous à voix basse comme s'il y avait un mort dans la pièce.

Debout près d'eux, oncle Rouleau est là, lui aussi, terriblement intimidé. On dirait que c'est lui le coupable. Parfois il lève les yeux sur Janine et son regard fait honte.

Le jeune curé aussi regarde la jeune fille. Mais brièvement. A la dérobée. Quand un homme la regarde comme ça, Janine a envie de sourire, mais comme il n'y a pas de quoi, ça se termine en grimace bizarre.

Et le jeune curé, qui continue de la reluquer, comme s'il n'avait jamais rien vu de sa vie. Janine en a assez de baisser les yeux. Alors elle soutient le regard du jeune prêtre, et cette fois lui sourit vraiment.

Tout à coup, tout le monde se sépare : le brigadier, le sacristain, le curé, Rouleau. Le curé remet son béret et noue son cache-col, murmure encore quelques mots à Rouleau, lui serre la main, s'en va.

Dernier petit regard en direction de Janine.

Le brigadier vient ouvrir la « cage », fait sortir la criminelle.

BRIGADIER. – Tu pourras dire merci à monsieur le curé. Il veut pas porter plainte. Il dit qu'on se sert d'un piège à loups pour attraper une souris. Alors je libère la souris.

Il la pousse vers Rouleau.

Sur le seuil de la gendarmerie, le brigadier admoneste Rouleau.

BRIGADIER. – Alors, tu te débrouilles comme tu veux mais je veux plus la voir dans le secteur, c'est clair? Allez bonne nuit, André.

ROULEAU. – Bonne nuit, Lucien.

Janine et son oncle s'éloignent dans la nuit.
Silence de mort.
Et subitement Rouleau lui refile un coup de pied au cul.
Un énorme.

ROULEAU. – Mais bourrique!
JANINE. – Ay-euh! Non mais ça va pas non? Il est pas bien lui?

Re-silence.

ROULEAU. – Mais bon dieu de bonsoir, mais qu'est-ce tu « veux » à la fin?

JANINE. – Je veux rien. Je veux gagner ma vie.

6

Petite annonce de journal, cerclée au crayon gras :

« LONGUET, *11, avenue du Parc,* cherche bonne à tout faire, réf. exig. »

Le quartier chic d'une grande ville. Belle rue bourgeoise. Façade d'immeuble cossu. Portail imposant.

Habillée « propre », un journal plié sous le bras, Janine vérifie l'adresse sur son journal :

« *11, avenue du Parc* »

C'est bien là.

Mais « ... réf. exig... »

La jeune fille affiche un optimisme modéré.

Poussée hésitante. Porte qui s'entrouvre. « Entrée » timide d'une soupière transportée comme le saint sacrement par Janine, affublée d'un tablier blanc et d'une jupe noire.

La nouvelle bonne effectue une traversée spectrale de la belle salle à manger bourgeoise, devant ses nouveaux patrons, les Longuet, attablés avec un couple d'amis.

Jacques Longuet, 35 ans, bel homme, est en pleine conversation professionnelle.

LONGUET. – Alors je lui ai dit : « Mon vieux, si les quatre arches ne sont pas entièrement bétonnées, tout ce qu'on aura gagné dans l'histoire, c'est que les Ponts et Chaussées vont nous renvoyer le projet à la figure, et puis bonsoir. »

Sans regarder personne, Janine hésite, tournique autour de la table, semble se demander où elle va poser la soupière, puis finit par annoncer d'une voix funèbre :

JANINE. – J'ai fait du bouillon.

Demi-tour dans un silence accablé.

Au moment de sortir, elle ajoute sans se retourner, dans un souffle, un sinistre :

JANINE. – Bon appétit, M'sieurs-dames.

Exit. Dans son trouble, elle heurte de l'épaule la porte vitrée du vestibule. Têtes des convives mi-médusés mi-amusés.

Jacques Longuet va pour manifester son étonnement. Sa femme, Séverine, 25 ans, jolie, sympathique, malicieuse, déclare dans un sourire :

SÉVERINE LONGUET. – Notre nouvelle bonne !

Quelques jours ont passé.

Dans le salon, Séverine Longuet met en marche le pick-up. Jacques Hélian et son orchestre interprètent *Hey di ho*, chanson swing.

En chantant Hey di ho
Hey di ho-ho-ho
Le ciel me paraît bien plus beau
Ho ho...

Évoluant en rythme, la jeune femme va disposer un joli bouquet de roses-thé dans un vase sur la table de la salle à manger.

Au même moment, dans sa chambre de bonne, Janine fiche une rose, une seule, dans son verre à dents.

La chambre est modeste – ni eau ni électricité – mais propre. Et c'est une vraie chambre comparée à son « coin » chez les Rouleau.

La jeune fille parfait son installation.

Puis elle va s'accouder à sa fenêtre, sous les toits, au dernier étage de l'immeuble.

Joyeuse rumeur du trafic. Janine est grisée.

Le pick-up de Séverine chante au loin :

Je vois la vie
Sous un jour nou-
veau
En chantant Hey di
eh
Hey di ho-ho-ho...

Vite, Janine surgit dans la cuisine en poussant la porte avec son derrière.

Quelques jours ont passé.

La jeune bonne a pris de l'assurance.

Clac! Plateau à thé posé sur la paillasse.

Deux tasses lavées vite fait.

Comme autrefois au « Chalet de Nécessité » : chaussures à talons plats troquées contre des souliers à talons hauts.

Tablier de soubrette et jupe noire fourrés sans ménagement dans un placard bas. – On aperçoit l'ourlet d'une jolie robe. Comme un petit soldat permissionnaire, pour sortir plus vite, Janine a « préparé » sa tenue « civile » sous l'uniforme.

Dans la rue, les jambes de Janine croisent d'autres jambes.

Arrivent dans un hall de cinéma.

Belle affiche de film romantique et musical :

Passion éternelle, la vie de Schumann avec Cornel Wilde et Katharine Hepburn.

Janine est tentée.

On la voit tout entière à présent. Maquillée. Pomponnée. Une enfant déguisée en femme.

Flots de musique romantique. Dialogues sentimentaux.

Dans la salle, Janine, assise au deuxième ou au troisième rang, le cou penché en arrière, la bouche entrouverte.

Deux jeunes gens viennent s'asseoir près d'elle. Un à côté. Un derrière. Stratégie. Ils commencent à l'entreprendre.

Mais elle veut être tranquille. Hausse les épaules aux propositions. Écarte les mains baladeuses.

Ils insistent.

Elle cherche du regard une autre place.

Un peu plus loin sur son rang, elle repère un homme de 40 ans, lunettes, complet veston cravate, assis bien droit à côté d'une femme comme il faut. Janine se lève, va s'installer à côté du couple.

Le type la regarde, interloqué : il y a beaucoup de places vides dans la rangée.

Faisceau lumineux sortant de la lucarne de projection.

Un moment a passé.

La femme comme il faut regarde subitement sa montre à la lueur de l'écran puis s'en va.

Ce n'était pas l'épouse du type.

Janine est très gênée de s'être assise toute seule à côté de cet homme seul. Mais peu importe, fasciné par le film, il ne lui prête aucune attention.

Musique crescendo. Dernières images. Lumière.

Les spectateurs se lèvent.
Retour sur Janine. Elle dort à poings fermés assoupie contre l'épaule de son voisin.

L'HOMME. – Mademoiselle...

Embarras. Il voudrait bien s'en aller, se dégage avec précaution, la soutient pour qu'elle ne tombe pas.
Elle se réveille, vaguement, puis, accablée de sommeil, repose carrément sa tête sur l'épaule du type.

Quelques secondes plus tard, dans l'allée qui mène à la sortie de la salle :

JANINE. – Je vous demande pardon, hein...

L'homme la rassure gentiment :

L'HOMME. – Mais non c'est rien, c'est pas grave.

JANINE. – J'ai dormi beaucoup?

L'HOMME. – Pas mal.

Janine vacille, bâille tant et plus.

JANINE. – Qu'est-ce que j'ai honte! Oh! là là! ça va pas mieux.

L'HOMME. – Vous savez ce que vous devriez faire? Vous devriez aller boire un café, ça vous réveillerait. Il y a une brasserie juste en face.

Janine et l'inconnu se sont installés au fond de la brasserie.
Le serveur arrive avec un coca-cola pour elle, un lait nature pour lui.
Janine tire aussitôt sur sa paille.
L'homme la regarde, amusé. Elle lui tend son verre de coca-cola :

JANINE. – Vous voulez essayer?

L'HOMME. – Vous croyez?

Elle l'encourage du regard mais il n'est pas chaud. Il obéit quand même.

L'HOMME. – Bon, j'essaie.

Grimace atroce. Janine rigole, ravie.

L'HOMME. – Ah! non, c'est vraiment pas possible! Vous ne me ferez jamais boire ce machin.

Janine le considère, puis :

JANINE. – Vous aimez pas tout ce qu'est nouveau vous?

L'homme est surpris :

L'HOMME. – Ah! non. Pourquoi dites-vous ça?

JANINE. – Je sais pas, déjà le film, c'était pas moderne comme film. Enfin, ça se passait y a longtemps.

Silence. Il boit son lait. Doux et modeste. Avec quelque chose d'un peu paumé.

JANINE. – En plus vous allez tout seul au cinéma.

Il répond avec douceur :

L'HOMME. – Et alors? Vous aussi, vous allez toute seule au cinéma.

JANINE. – Oui d'accord, mais moi c'est normal. Moi, je veux qu'on me rencontre.

L'HOMME. – Ah?

JANINE. – Oui. Et puis c'était plus pour les femmes que pour les hommes comme film.

L'HOMME. – Ah! non, là je ne suis pas d'accord. La preuve, ni ma femme, ni ma fille – qui doit avoir votre âge à peu près – n'ont voulu m'accompagner...

JANINE. – Elles aiment pas le cinéma?

L'HOMME. – Si, mais pas la grande musique.

JANINE. – Et vous, vous l'aimez?

Il acquiesce avec une grande conviction:

L'HOMME. – Ah! oui, oui... moi, je l'aime beaucoup.

JANINE. – Pourquoi?

Ça c'est une question difficile! L'homme réfléchit, il veut être précis:

L'HOMME. – Eh bien parce que... la musique, c'est un peu comme la peinture ou la poésie... vous savez, dans la vie, toutes les choses finissent par vieillir, par mourir, par disparaître, et c'est triste, vous ne trouvez pas que c'est triste?

Janine acquiesce, flattée que cet inconnu lui parle sincèrement de sujets si sérieux.

L'HOMME. – Eh bien je crois que la musique, c'est une tentative justement, pour conserver ces moments dans la mémoire, pour essayer de ne pas oublier, tout ce qui comme ça disparaît, tout ce qui ne reviendra plus.

JANINE. – C'est pour se rappeler de la vie des gens quoi.

L'HOMME. – Oui c'est ça. C'est exactement ça. Des gens, mais aussi de tout ce qu'ils ont aimé.

Il la regarde avec chaleur.
Elle lui sourit joliment.

JANINE. – C'est votre métier d'être musicien?

L'HOMME. – Oh! non, moi je travaille à la mairie. Au cadastre. C'est pas très passionnant, mais deux fois par semaine, je dirige une chorale, enfin, des petites choses.
Et vous qu'est-ce que vous faites? Vous allez en classe?

JANINE. – Oh! non, moi je travaille.

Il attend qu'elle lui dise où, dans quoi. Elle cafouille un peu.

JANINE. – Je suis dans un institut.

L'HOMME. – Un institut?

Un journal dépasse de la poche d'un consommateur voisin: Janine y aperçoit le mot: « beauté ».

JANINE. – Oui, un endroit magnifique, « de toute beauté »...

L'HOMME. – Ah vous voulez dire un institut de beauté?

JANINE. – Voilà! C'est ça!

Il semble heureux pour elle:

L'HOMME. – En somme, vous préparez esthéticienne?

Encore un mot qu'elle ne connaît pas...

JANINE *(évasive)*. – Comme ci comme ça... en

tout cas je suis drôlement contente d'être tombée sur vous. D'habitude, quand je suis avec une grande personne, c'est ou bien pour recevoir des ordres, ou bien pour me faire tripoter alors.

Il cache sa gêne sous un masque de compréhension...

JANINE. – Dites, est-ce que je peux vous demander une question?

L'HOMME. – Je vous en prie.

JANINE. – Si je vous dis mon prénom, est-ce que vous me direz le vôtre?

L'HOMME. – Je vous le dis tout de suite... je m'appelle Michel... Michel Davenne.

JANINE. – Et moi c'est Janine. Janine Castang. C'est pas beau, hein?

L'HOMME *(sincère)*. – Pourquoi? Non non. C'est très bien, Janine. C'est doux, c'est volontaire.

JANINE *(radieuse)*. – Vous trouvez?

De sa place elle a vue sur...
L'entrée d'un petit hôtel. Allées et venues furtives d'une fille qui fait le trottoir.
Michel surprend son regard, se méprend, craint qu'elle ne soit choquée :

MICHEL. – Oui, c'est pas très bien fréquenté par ici. Il vaudrait mieux que je vous raccompagne. J'ai ma voiture garée pas loin. Vous habitez où?

JANINE. – Avenue du Parc. Au 11.

Quartier chic. Ça l'épate :

MICHEL. – Le 11, je ne sais pas mais l'avenue du Parc, dites donc, vous vous embêtez pas!

JANINE *(faussement modeste)*. – Ben oui.

Quelques instants plus tard, la « 202 » de l'homme stoppe devant l'immeuble Longuet.

MICHEL. – Et voilà, nous y sommes.

Silence.
Janine semble réfléchir, pas longtemps. Puis, à voix basse :

JANINE. – Si on se voit cinq fois, la cinquième fois vous me le demanderez. Alors demandez-le-moi tout de suite.

Silence.

MICHEL. – Vous avez quel âge?

JANINE. – J'ai l'âge, c'est tout. *(Un temps.)* Oh! là là! on se croirait à la Police. J'ai seize ans, et je l'ai jamais fait, si c'est ça que vous voulez savoir!

Silence.

MICHEL *(calmement)*. – Je ne veux pas être le premier dans la vie amoureuse d'une jeune fille.

JANINE *(très déçue)*. – Ah! bon...? même dans la mienne? *(Un temps, puis elle marmonne.)* Il en faut bien un, de premier.

Il la regarde. A la fois décontenancé et touché.

MICHEL. – Ne croyez pas que vous ne me plaisez pas, Janine, au contraire, vous me plaisez énormément...

JANINE. – Eh ben alors? Vous aussi vous me plaisez énormément.

MICHEL. – Non, non, c'est une question de principe.

JANINE. – Et un « principe » ça veut dire jamais?

MICHEL. – Oui, c'est ça. Un principe c'est sacré.

JANINE. – Comme le coca-cola...?

MICHEL. – Quoi?

Janine s'explique :

JANINE. – Vous avez dit que vous en boiriez jamais.

MICHEL. – Ah! oui, si vous voulez.
L'amour, c'est une chose importante, très importante, vraiment. Non, non, je préfère ne pas déroger.

Elle est grisâtre :

JANINE. – Bon mais ça fait rien, dérogez pas. Mettons que j'ai rien dit.

Silence.

MICHEL. – On peut se revoir si vous voulez.

Le sourire de Janine revient :

JANINE. – Oh! oui, ça serait gentil!

MICHEL. – Vous voulez venir à la chorale?

JANINE. – Oh! oui, je veux bien, c'est quand?

MICHEL. – Eh bien, demain par exemple, sept heures, sept heures et demie. Derrière la mairie : le cinéma *le Drakkar*, vous connaissez?

Janine est enchantée :

JANINE. – Derrière la mairie, le cinéma *le Drakkar*, sept heures, sept heures et demie! c'est facile!

Il finit par lui tendre la main.

MICHEL. – Alors, bonsoir.

Elle la serre très cordialement.

JANINE. – Bonsoir.

Elle sort. Il se penche :

MICHEL. – Janine! Je suis très content de vous avoir rencontrée!

JANINE. – Merci. Moi aussi. Beaucoup. A demain alors?

Il semble très troublé et heureux :

MICHEL. – C'est ça. A demain.

Elle se dirige vers la belle porte bourgeoise de l'immeuble. Feint de sonner. Geste d'« au revoir » à l'auto qui démarre, s'éloigne, disparaît. Vite. Elle tourne le coin de l'immeuble, regagne l'entrée de service. Aux anges.

7

Matin. Toc toc toc.

LONGUET. – Entrez.

Rideaux tirés de grasse matinée. Alcôve tiède. Troublée, Janine se glisse dans la chambre à coucher avec le plateau du petit déjeuner.

JANINE. – Bonjour Madame. Bonjour Monsieur.

« Madame, Monsieur. » Au réveil, ses patrons ont l'air si jeune. Les cheveux de Longuet sont en bataille. Séverine dort ou fait semblant. Visiblement, Janine dérange.

Elle murmure, indiquant une table basse.

JANINE. – Je le pose là?

LONGUET. – Non non, sur le lit, là, voilà, merci Janine.

La soubrette s'exécute, le rose aux joues, sur la pointe des pieds.

Désordre du lit, une épaule, la courbe d'un sein, Séverine doit être nue sous les draps, sur sa table de nuit, près de son paquet de Lucky entamé, une cigarette blonde se consume encore.

Un instant plus tard, Janine, qui fait du repassage dans la cuisine, les « entend » soupirer, rire.

Sur les Monts
Sur les Monts
Tout puissants
Tout puissants...

Dernières marches d'un escalier étroit. Janine débouche sur une mezzanine, guidée par un bel hymne plein d'émotion.

On n'entend,
On n'entend,
Que le vent,
Que le vent...

Dans la salle municipale, vingt choristes – hommes, femmes et enfants – chantent à pleine voix.

Michel les dirige.

Impressionnée, Janine le contemple discrètement, puis elle sourit, grisée.

L'homme semble transfiguré. Épanoui.

Plus rien du petit fonctionnaire de la veille.

Au guide-chant, une femme au visage doux, la trentaine, regarde Michel avec ferveur.

L'œil aigu de Janine repère aussitôt une rivale.

Quelques instants plus tard, dans la rue, Janine et Michel sortent du local municipal.

JANINE. – C'est votre femme?

MICHEL. – Mais non, c'est Lise.

JANINE. – C'est votre maîtresse alors?

Ils se dirigent vers la voiture de Michel, garée près d'un jardin public.

MICHEL. – Vous savez à qui vous me faites penser? A Esmeralda, la gitane de *Notre-Dame de Paris.*

JANINE. – C'est qui celle-là encore?

MICHEL. – Comment... Vous n'avez pas lu *Notre-Dame de Paris*? L'abbé Frollo, la cour des Miracles, Quasimodo.

JANINE. – Ah! oui je crois que j'ai vu le film, avec Quasimodo.

MICHEL. – Oui, le film c'est bien, mais vous devriez aussi lire le livre. Victor Hugo, c'est mon écrivain préféré! C'est gigantesque. Un titan!
Vous aimez lire j'espère?

Janine répond sans enthousiasme excessif:

JANINE. – Oui, oui, j'aime bien.

MICHEL. – Et *les Misérables.* Ne me dites pas que vous n'avez pas lu *les Misérables*?

JANINE. – Ah! oui, j'ai lu le début, les débuts, c'est ce que je préfère, parce que les fins, c'est souvent triste. *(Avec conviction.)* Mais je vais en lire, hein, du Victor Hugo.

MICHEL. – Eh bien j'espère.

Elle va pour ouvrir elle-même la portière. Il la devance. Confusion légère.
Tant de prévenance, elle n'a pas l'habitude.
Ils s'installent dans l'auto.

JANINE. – Et dites... Pourquoi je vous fais penser à la gitane, là?

Elle ne se rappelle déjà plus le nom.

MICHEL. – Esmeralda? Parce que vous êtes comme elle, toute en contrastes... Il était très fort, Victor Hugo, pour les contrastes. Vous êtes candide et audacieuse. Imprévisible. Timide. Désinvolte. Et sûrement passionnée.

Elle s'empare d'une de ses mains, l'examine.

MICHEL. – Qu'est-ce que vous faites?

JANINE. – Je vous lis les lignes de la main, puisque je suis une gitane désinvolte. Dites donc, elles sont drôlement propres, hein, vos mains, et les ongles, impeccables!

Elle lui « rend » sa main, pendant que Michel, malicieux :

MICHEL. – Eh! oui... depuis que je connais une esthéticienne.

C'est vrai, elle avait oublié ce détail.

JANINE. – Ah! oui.

Il lui tend un petit paquet plat.

MICHEL. – Tenez, c'est pour vous.

Elle regarde Michel. Un homme lui offre un cadeau! Elle défait l'emballage.

JANINE. – C'est un foulard?

Michel sourit.

MICHEL. – Ben oui, c'est pas une bicyclette.

Janine est radieuse.

JANINE. – Oh! merci.

Elle lui saute au cou. Un peu brutalement. Ça ne fait rien.

Ils s'embrassent, dramatiques, comme s'il y allait de leur vie.

Puis il ôte lentement ses lunettes, la regarde, et c'est lui cette fois qui la prend dans ses bras, l'embrasse passionnément.

MICHEL. – Oh! là là! c'est de la folie.

Janine s'empare de sa main, la pose sur sa poitrine.

JANINE. – J'ai le cœur qui bat. Fort. Sentez, vous sentez?

MICHEL. – Oui, c'est de la folie.

JANINE. – Ils sont petits mes seins hein?

MICHEL. – Oui... enfin, non, pas trop.

Crac! c'est reparti! ils s'embrassent à nouveau! comme des naufragés! Puis, Janine se dégage doucement.

JANINE. – Vous voyez que vous avez envie de coucher avec moi?

Il secoue la tête, culpabilisant à mort.

MICHEL. – Je savais que ça allait se passer comme ça. Je le savais! J'étais pourtant bien décidé et voilà.

JANINE. – Mais quoi? décidé quoi?

MICHEL. – Mais de vous respecter.

JANINE. – Mais je m'en fous de votre respect, moi, c'est pas intéressant. Personne vous a demandé de me respecter! Oh! puis j'y comprends rien!

Michel semble perdu.

MICHEL. – Ce que je veux dire, c'est que le désir, ça peut être mieux que l'accomplissement. Qu'« avant », ça peut être mieux qu'« après ».

JANINE. – Mais « avant », c'est « maintenant » et « maintenant », c'est moche comme tout!

MICHEL. – Attendez. Vous avez raison. Je m'explique mal. Laissez-moi réfléchir.

Janine est exaspérée.

JANINE. – Mais non! arrêtez de réfléchir! Arrêtez! Oh! et puis zut, vous me faites suer à la fin! Je peux plus vous voir!

Elle lui jette le foulard au visage.

JANINE. – Tiens, puis ça, j'en veux plus non plus! Merci, je veux plus rien! Merci, merci, merci!

Elle sort brusquement de la voiture, abandonnant Michel totalement désemparé.

LES FAUVETTES

8

Coups de marteau.

Un matin, dans la chambre à coucher des Longuet, Janine change la literie. De temps à autre, elle se retourne pour jeter de petits coups d'œil insistants vers le corridor attenant.

Un jeune menuisier y confectionne des étagères.

Visiblement, elle le trouve sympathique.

Lui aussi semble l'apprécier, mais il est timide. Il lui sourit parfois, vaguement, puis se remet à ses coups de marteau, elle, à son travail. Séverine Longuet appelle Janine depuis le vestibule :

SÉVERINE LONGUET. – Janine? Je m'en vais!

JANINE. – Oui Madame.

Avant de sortir de la chambre à coucher, Janine jette un dernier petit regard vers le jeune ouvrier. Lui aussi.

Puis, pan pan.

Dans le vestibule, Séverine Longuet s'apprête à sortir.

JANINE. – Vous rentrerez à quelle heure, Madame?

SÉVERINE. – Midi. Midi et demi à tout casser. Au revoir, Janine.

Elle sort. Janine referme la porte.

JANINE. – Au revoir, Madame.

Coups de marteau, là-bas, au fond de l'appartement.

Janine se hâte de retourner vers la chambre, mais Séverine rouvre la porte, fausse sortie. Le visage dans l'entrebâillement, elle indique du regard la chambre à coucher.

SÉVERINE. – Dites, surveillez-le discrètement. Les ouvriers sont d'honnêtes gens, mais on ne sait jamais.

JANINE. – Oui Madame.

La porte se referme. Janine file vers la chambre à coucher. Pan! Pan!

Dans le corridor, le jeune ouvrier la reluque toujours, en douce.

Elle s'approche du lit, attrape une brassée d'oreillers moelleux, gonflés, se dirige droit vers un guéridon – exprès? – quelques bibelots tombent. Le jeune ouvrier se précipite, s'accroupit, l'aide à ramasser puis referme, doucement, mais fermement, sa main sur le poignet de la jeune fille.

Page d'un livre lu à la lueur d'une chandelle...

« – *Je ne suis plus v..., lui avoua-t-elle dans un sanglot.*

Elle était au désespoir, et cependant folle d'un inexprimable bonheur. »

Douce Étoile, petit roman à couverture illustrée, vient rejoindre *Troublante Chimère* et *le*

Film complet sur le tabouret-table de chevet de la chambre de bonne.

Janine souffle sa chandelle. Obscurité.

Une librairie.

Double rayon de volumes de la Pléiade. Rien que des œuvres de Victor Hugo.

La main de Janine apparaît, fauche prestement un des livres. Gestes vifs, habiles, sensuels.

Volume coulissant hors de son boîtier de carton.

Jaquette blanche qui le recouvre retirée.

Volume glissé, sans sa jaquette, dans le sac à main.

Jaquette blanche, « vide », réintroduite dans son boîtier, puis dans le rayon.

C'est un véritable livre factice que Janine remet en place.

Ding dong.

Clochette de la porte ouverte, refermée.

Ombre et lumière.

Adossée au mur, sous un porche du centreville, Janine griffonne sur la page de garde du livre volé :

« Je ne suis plus v...

Il n'y a plus de raison d'attendre. »

9

Banlieue résidentielle, Verdure. Vues à travers le pare-brise de la voiture de Michel.

Janine a mis une jolie robe d'été. Elle est très excitée :

JANINE. – Mais vous racontez pas bien! Racontez des détails! Qu'est-ce que vous lui avez raconté exactement?

MICHEL. – Eh bien, ce que je vous ai dit, que mon meilleur copain avait eu un accident de voiture, qu'il était à l'hôpital, dans un état alarmant et qu'il me réclamait!

JANINE. – Et alors?

MICHEL. – Alors je suis pas fier de moi.

JANINE. – Vous avez raison. C'est pas fort, comme mensonge. Elle vous a cru votre femme?

Michel est inquiet :

MICHEL. – J'espère. C'est tellement affreux, ce que je lui ai raconté. Un truc aussi affreux, ça ne peut être que vrai. Tenez, regardez, on arrive.

C'est un petit hôtel gentil et retiré. Un peu au-dessus des moyens de Michel.

Au comptoir, dans le hall, la réceptionniste, revêche et d'un « certain âge », lève les yeux de son registre sur le couple qui vient d'entrer.

MICHEL. – Bonjour, mademoiselle. Je voudrais deux chambres s'il vous plaît? une pour moi, une pour ma fille.

Janine attend, un peu en retrait, sa valise à ses pieds.

La réceptionniste est soupçonneuse :

RÉCEPTIONNISTE. – Avec un petit lit ou un grand lit?

Michel hésite, puis :

MICHEL. – Un lit « moyen », ce sera très bien, merci mademoiselle.

Dans l'escalier qui conduit aux chambres.

JANINE *(bas, à Michel)*. – Pourquoi vous l'appelez mademoiselle? Elle a au moins cent ans!

MICHEL *(même ton)*. – Il faut toujours dire « mademoiselle » à une employée.

Ils rejoignent la réceptionniste devant deux portes contiguës.

RÉCEPTIONNISTE. – La 18 pour Monsieur, la 19 pour la jeune fille.

Janine disparaît dans la sienne.

MICHEL. – Merci. Merci beaucoup. « Bonne nuit », mademoiselle...

Ahurie, la réceptionniste s'éloigne vers l'escalier en regardant sa montre.

RÉCEPTIONNISTE. – Bonne nuit?

Il fait grand jour.

Un temps. Puis Janine sort furtivement de sa chambre, vient gratter à la porte de celle de Michel. Il se hâte d'ouvrir.

La jeune fille, dans un sourire :

JANINE. – C'est moi qui dois venir, ou bien vous?

MICHEL. – Ça, j'en sais vraiment rien.

JANINE. – Alors on dit que c'est moi.

Hop! elle se glisse dans la chambre.

Plus tard.

Par l'encadrement de la fenêtre ouverte, un bel arbre bruissant.

La chambre est simple et fraîche...

Sur le sol, leurs vêtements épars ici et là, à la diable.

Michel et Janine ont fait l'amour. Maintenant ils dorment, le fin bras d'enfant de Janine enlace le torse de Michel.

Elle se réveille la première, avec précaution. Ne pas le réveiller. Elle contemple l'inconnu qui dort.

Plus tard. Il se réveille à son tour.

Elle a rattaché ses cheveux, enfilé la chemise de Michel. Installée dans un fauteuil, elle examine le contenu de son portefeuille.

MICHEL. – Tu me fais les poches?

Janine, enjouée :

JANINE. – Oui, j'ai le droit de tout savoir sur ta vie à présent!

Elle rit. Elle vient de tomber sur un papier d'identité avec photo :

JANINE. – Oh! là là! ce que t'es moche là-dessus!

Elle le rejoint sur le lit, brusquement, d'un saut. Il referme ses bras sur elle. Elle pose sa joue contre sa poitrine.

JANINE. – On est les plus heureux de la terre, non?

Il semble tout à fait partager ce point de vue...

JANINE. – Tiens, tu veux que je te dise avec qui je l'ai fait la première fois?

MICHEL. – Ah! non, surtout pas, non!

JANINE. – Pourquoi « surtout pas »?

MICHEL. – Parce que ça doit rester secret. Ça t'appartient. C'est précieux.

Elle a une moue désinvolte :

JANINE. – Pfff... tu parles d'un truc précieux! C'est pas précieux du tout! Un truc précieux, on n'a pas envie de le perdre!

MICHEL. – Et toi si... tu étais même drôlement pressée, je trouve.

Elle affiche une certaine satisfaction :

JANINE. – Oui, j'étais sûre que ce serait « très » gai.

MICHEL. – Ah! bon? T'as pas trouvé ça dégoûtant?

JANINE. – Si. « Vachement » dégoûtant! Et puis

épatant! On se fait bien comprendre qu'on s'aime sans avoir besoin de dire des mots.

Elle se redresse et lui sourit. Un sourire enchanté d'enfant heureuse.
Miaulement derrière la porte.
Janine l'entrouvre.
Sur le seuil, un chaton la considère. Elle dit :

JANINE. – Attends.

Elle se faufile dans le couloir, en chemise et jambes nues, fauche des restes de thé, du lait, dans un plateau devant une porte, revient déposer le tout devant l'animal qui lape aussitôt.

JANINE. – Tiens mon chat, bois.

Elle retourne dans la chambre.

MICHEL. – Comment tu sais que c'est un garçon?

JANINE. – Y m'engueule quand y réclame.

Elle se regarde dans le miroir de la coiffeuse en tirant sur les pans de la chemise d'homme :

JANINE. – Elle me va bien, tu trouves pas? ça fait rien que je l'ai mise?

MICHEL. – Si, ça fait un peu.

JANINE. – Pourquoi?

MICHEL. – Parce qu'elle va sentir ton eau de Cologne.

Elle est vaguement irritée :

JANINE. – Ah! oui, excuse-moi. Tu veux que je l'ôte?

MICHEL. – Mais non.

Assombrie, elle cesse de s'agiter, prend le livre de la Pléiade sur la coiffeuse, revient s'asseoir sur le lit près de Michel, feuillette en lui tournant le dos, murmure, morose :

JANINE. – Pouh dis donc... toutes ces poésies, là...

MICHEL. – Oui?

JANINE. – C'est pas un peu casse-pieds?

Elle se retourne : voir s'il répond à la provocation. Il est de marbre. Silence.

JANINE. – Tu me fais la gueule?

MICHEL. – Je me tâte.

Silence.

MICHEL. – En fait, je te trouve très jeune. Tu es une très jeune fille.

JANINE. – Évidemment, je suis une jeune fille, t'as trouvé ça tout seul? De toute façon, tu peux plus dire « jeune fille », à présent. Faut que tu dises « jeune femme ». Je suis une adulte. Personne a plus le droit de me punir ou de m'engueuler.

L'idée lui plaît, sa bonne humeur revient.

JANINE. – C'est vrai ça, j'en ai marre que tout le monde m'engueule tout le temps! Et tu sais quoi? On doit plus se mentir non plus.

MICHEL. – Mais pourquoi tu me dis ça?

JANINE. – Parce que moi je fais des mensonges très graves.

MICHEL. – Par exemple?

JANINE. – Par exemple, je suis pas esthéticienne.

MICHEL. – Non?

JANINE. – Non, pas du tout esthéticienne. Je suis bonne, bonne à tout faire et j'habite pas 11, avenue du Parc, tu vois... enfin si, mais en haut.

Michel acquiesce, d'évidence:

MICHEL. – Ben oui, tu habites dans les chambres de bonne.

JANINE. – C'est ça...

Soudain angoissée:

JANINE. – Mais tu viendras quand même me voir hein? C'est au dernier étage, je te préviens. Y a au moins un million de marches!

Michel lui sourit.

JANINE. – Tu m'en veux pas alors?

MICHEL. – Ben non, tu vois.

Il se lève, attrape son pantalon.

JANINE. – Alors pourquoi tu te rhabilles?

MICHEL. – Je me rhabille parce qu'il est temps de se rhabiller et c'est avec tes gages de petite bonne que tu peux t'acheter des livres de la Pléiade...?

Elle le considère avant de lâcher:

JANINE. – Je l'ai pas acheté, je l'ai volé.

Il rajuste son pantalon, très calme.

MICHEL. – Voilà pourquoi il n'avait plus sa jaquette?

JANINE. – Voilà.

MICHEL. – Tiens, tu me passes ma chemise s'il te plaît?

JANINE. – Alors là, tu me fais la gueule « à fond »!

Elle ôte la chemise, la lui tend.

MICHEL. – Je fais pas la gueule, seulement je trouve ça dommage. Ce livre, je l'avais amené exprès pour t'en lire des passages et...

JANINE. – Et maintenant tu veux plus?

MICHEL. – Ben, ça me défrise, disons.

JANINE. – Mais si j'ai menti et si j'ai volé, c'était pour « toi ». C'était pour te faire « plaisir »!

Elle s'assoit sur le lit. Abîmée dans son chagrin. Indéchiffrable. Embêté, il la rejoint, lui enlace les épaules. Elle marmonne sombrement :

JANINE. – C'était pas la peine de coucher ensemble. Tu me traites pas comme une grande personne.

MICHEL. – Mais si. Je suis d'accord pour essayer. Si tu jures de ne plus voler, même des livres.

JANINE *(revancharde)*. – Et comment je fais pour t'en offrir, moi, avec mes « gages de petite bonne », là?

MICHEL. – C'est vrai ça, c'est très juste.

Il réfléchit.

MICHEL. – Jusqu'où tu es allée en classe?

Janine n'aime pas aborder ce sujet...

JANINE. – Au brevet.

MICHEL. – Tu l'as eu?

JANINE. – J'ai quitté.

MICHEL. – Pourquoi?

JANINE. – Je me rappelle plus.

MICHEL. – Et en « composition française », tu étais comment?

Janine le regarde, elle ne comprend pas. Il précise doucement :

MICHEL. – En rédaction.

JANINE. – Des fois bien. Des fois pas bien...

Elle sourit :

JANINE. – Je te jure que c'est vrai! Ça dépendait des sujets.

MICHEL. – Bon alors, j'ai compris.
Un : Tu ne gagnes pas ta vie correctement.
Deux : Tu as besoin d'améliorer ton éducation.
Je vais m'occuper de toi. Je vais te trouver quelque chose de sérieux, moi, tu vas voir.

10

Panonceau au-dessus d'une porte cochère :

Pigier. Cours de sténo et dactylo, etc.

Michel sort de l'immeuble avec des brochures.
Dans la voiture, Janine l'attend en dégustant une glace gaufrette.
Il la rejoint, s'installe près d'elle, ouvre une brochure.

MICHEL. – Tu vois, c'est un clavier de machine à écrire. C'est beau non? C'est tellement beau, qu'on devrait écrire toutes ses lettres d'amour avec.

Quelques jours ont passé. Janine suit son premier cours de dactylo chez « Pigier ».
Hésiter sur les touches.
Griffonner les signes de sténo, maladroitement, déchirer la page, refaire.
Puis commencer à pianoter, un peu plus vite.

Bosser chez les Longuet.
Nettoyer les vitres, juchée sur un escabeau.
Cirer les parquets, passer la « paille de fer ».

L'escalier de service qui mène à la chambre de Janine sous les toits.

La concierge s'éloigne dans le couloir avec seau, balai et serpillière.

Disparaît. Michel sort de l'encoignure où il s'était planqué, des livres plein les bras.

Il s'arrête devant la porte de la chambre de Janine. Grande ouverte.

Elle est en train de faire un grand ménage. Pour lui.

Elle se retourne, le voit, lui sourit.

Son sourire des jours de fête.

Il fait quelques pas dans la chambre. Elle se jette dans ses bras, se hisse sur la pointe des pieds.

Maintenant, bourdonnement de ruche. Pigier.

Le cours tout entier crépite.

Janine tape avec courage.

Fatiguée quand même (double activité), elle étouffe un bâillement, puis s'y remet, serrant les dents.

Rangée de corbeille du théâtre municipal...

Le concert a commencé.

Michel arrive en retard, obligeant quelques personnes à se déranger.

Excuses conventionnelles chuchotées.

MICHEL. – Pardon, pardon, bonsoir madame Garraut, excusez-moi.

MADAME DÉRANGÉE. – Je vous en prie, monsieur Davenne.

Dans ces villes de province, tout le monde connaît tout le monde. Il parvient à côté de Janine. Indique la place vide à côté d'elle :

MICHEL. – Excusez-moi mademoiselle. Est-ce que cette place est libre?

JANINE. – J'attendais une amie, monsieur, mais je crois qu'elle ne viendra plus.

MICHEL. – Je peux alors?

JANINE. – Vous pouvez.

Délices de la comédie jouée à deux. Michel s'installe.

Dans la pénombre, leurs mains s'étreignent.

Musique fortissimo.

11

La chambre à coucher des Longuet.

SÉVERINE LONGUET. – Et si vous me voyez prendre une cigarette, vous me dites « Non Madame » hein? Pas d'histoire!

Séverine sort de la penderie, des vêtements dans les bras, le ventre bien rond, enceinte de cinq mois.
Derrière le paravent, Janine essaie des dessous.
Séverine lance un œil critique aux vêtements qu'elle jette au fur et à mesure sur une bergère.

SÉVERINE. – Ça je le mettrai plus, ça...

Hésitation.

SÉVERINE. – Ça je le mettrai peut-être encore, mais pas avant quatre mois, oh! et puis zut! celui-là, je vous le donne aussi.

Museau curieux de Janine surgissant une seconde du paravent pour voir de quoi il s'agit.

SÉVERINE. – Oh! et ça? Comment est-ce que j'ai pu acheter ça? Un jour que j'étais zinzin, sûrement!

Elle bêtifie, très gaie :

SÉVERINE. – Une mère de famille ne doit pas porter de satin, ce serait pas convenable!

Simple et charmante, Janine émerge du paravent en combinaison de soie. Longues jambes. Grâce naturelle. Elle va d'instinct se regarder dans le miroir.
Séverine la regarde avec une légère stupéfaction. Comme dans les films de Jean Renoir, les deux femmes n'ont pas beaucoup de différence d'âge. Seulement une différence de condition. En déshabillé, Janine a autant de classe et de charme que sa patronne.

SÉVERINE. – Eh bien, dîtes-moi, vous allez affoler les populations! (*Un temps, puis, curiosité.*) Vous avez un bon ami?

Se mirant de trois quarts pour juger de sa cambrure, Janine acquiesce:

JANINE. – Mmm mmm.

Séverine est amusée:

SÉVERINE. – Vous commencez tôt. Un garçon de votre âge?

Elle lui tend un autre vêtement. Janine retourne derrière le paravent.

JANINE. – Oh! non, vous savez, les garçons de mon âge! Le mien, il a quarante-trois ans!

SÉVERINE. – Oh! alors c'est un vieil amoureux? Et qu'est-ce qu'il fait dans la vie, cet homme-là?

JANINE. – Je sais pas. Il est musicien au cadastre. Un truc comme ça.

SÉVERINE. – Musicien? Mais c'est très bien, ça!

JANINE. – Pas tant que ça. Il a des problèm avec sa femme. Elle aime pas la granc musique. Alors des fois, il va au cinéma tou seul.

SÉVERINE (*excitée-choquée*). – Un homme marié? Bravo!

Elles rient.

Janine ressort du paravent en robe « Mademoiselle Swing »...

JANINE. – Ça vous fait plaisir d'attendre un bébé?

Séverine pose ses mains sur son ventre :

SÉVERINE. – Très. Vous voyez? Ça me rend très heureuse. Et puis ça me terrifie, évidemment : l'accouchement, tout ça. J'ai peur d'avoir mal.

Janine est angoissée :

JANINE. – Vous croyez que ça fait si mal que ça?

SÉVERINE. – Ben oui. Vous devriez quand même faire attention avec votre « amoureux », là. Vous savez, un enfant, c'est vite attrapé. Et les hommes, une fois que c'est fait, on voit souvent leurs feux arrière.

Abattue, Janine se laisse choir sur un fauteuil.

SÉVERINE. – Il y a des précautions à prendre. Je vous donnerai des livres à lire. Moi, mon bébé, je l'ai eu parce que je l'ai « voulu ». Tenez, est-ce que vous connaissez la « Méthode Ogino »?

Non. Janine ne connaît pas. Séverine attrape

un *Cinémonde*, cherche dans les pages publicitaires.

SÉVERINE. – Attendez. Voilà. Lisez.

Elles se penchent tête contre tête au-dessus du magazine. On entend la voix caverneuse du Dr Ogino :

VOIX/«MESDAMES!!! vous devez savoir qu'une femme n'est fertile que quelques jours par mois! ...bla bla bla... bla bla bla...»

Chambre de bonne.

La main de Janine récupère le petit élastique qui maintient ses cheveux sur le tabouret-table de nuit où *Notre-Dame de Paris* et *Quatre-vingt-treize* ont remplacé *Tendre Tourment* et *le Film complet*...

Sur le lit en bataille, la jeune fille « retape » sa coiffure.

JANINE. – Si j'attendais un bébé, tu ferais quoi?

Les lacets de souliers que Michel finissait de nouer se cassent net. Angoisse.

MICHEL. – Tu as du retard...?

JANINE. – Un peu.

MICHEL. – De combien?

Il est blême. Silence. Elle le laisse mariner.

JANINE. – Oh! la tête! Mais non, j'ai pas de retard. Je suis réglée comme une lettre à la poste.

Michel est horriblement vexé.

MICHEL. – D'abord, on ne dit pas « comme

une lettre à la poste». On dit «comme du papier à musique». Je suis réglée «comme du papier à musique». Voilà ce qu'on dit... Ensuite, je trouve écœurant de plaisanter avec des choses pareilles!

JANINE. – Mais je plaisante pas. Je mens. Je t'avais prévenu que j'étais une bonne menteuse.

Silence, puis soucieuse:

JANINE. – Mon père, dès que ma mère a été enceinte de moi, il l'a laissée tomber comme une vieille chaussette, tu vois, et...

MICHEL. – ... et quoi?

JANINE (*énigmatique*). – Ben on a vu ses feux arrière.

MICHEL. – Oui mais ton père, ton père, pourquoi tu me compares avec ton père? Il n'avait pas l'air bien intéressant, ton père! Je me conduirais sûrement pas comme ton père!

JANINE. – Justement. C'est la question que je te pose. Comment tu te conduirais, toi?

MICHEL. – Eh bien, je sais pas, si tu avais un enfant de moi, ce serait grave, ce serait très grave. Il faudrait que... il faudrait...

JANINE. – ... faudrait que tu «réfléchisses», c'est ça?

MICHEL. – Ben oui.

12

Devant l'immeuble du cours « Pigier », un groupe d'élèves stationne puis se disperse, l'air contrarié. Janine qui arrive interroge une camarade.

JANINE. – Qu'est-ce qui se passe?

ÉLÈVE PIGIER. – Y a des ouvriers là-haut. Ils réparent le toit.

JANINE. – Et alors?

ÉLÈVE PIGIER. – Alors, y a pas « cours ».

Janine râle :

JANINE. – Ils auraient pu prévenir! J'ai laissé mes cahiers là-haut, moi, avec plein de rattrapage. Faut que je monte!

ÉLÈVE PIGIER. – Mais c'est fermé, comment tu vas faire?

JANINE. – T'en fais pas. Je suis débrouillarde. Allez, salut!

Palier « Pigier », dernier étage.
Janine « crochète » vite fait la serrure avec sa lime à ongles.

Elle pénètre silencieusement dans le « cours » désert.

Récupère ses cahiers sur son pupitre.

Entend soudain un bruit furtif.

Ça vient du fond du couloir. Du bureau marqué « Direction ». La porte est entrebâillée.

Intriguée, à pas de loup, elle va y jeter un regard.

Dans le bureau, un jeune type (18-19 ans), costume d'ouvrier couvreur, fouille dans une boîte classeur.

Sur la table, ce qu'il a déjà trouvé : des enveloppes gonflées de petites liasses de billets. On peut lire sur l'une d'elles : « *Paiement des cours de Mlle Janine Castang.* »

JANINE *(entrant soudain)*. – Faut plus se gêner!

Il sursaute comme sous l'effet d'une décharge électrique.

JEUNE VOLEUR. – Bonjour mademoiselle... Écoute, je remets tout en place et tu dis rien. C'est comme un rêve : tu m'as pas vu, d'accord?

Au même instant, la voix forte de la directrice se fait entendre dans l'escalier.

DIRECTRICE PIGIER. – Mais c'est un monde ça madame! Vous êtes concierge, moi je suis directrice! Je veux bien qu'on répare le toit mais j'aimerais être prévenue, tout de même, y a un peu d'abus, là, non?

Une seconde de stupeur. Puis le jeune voleur fonce à la lucarne de la soupente – c'est par là qu'il a dû s'introduire –, saute. Mais ça nécessite un « rétablissement ». La remontée est moins facile que la descente.

Il s'escrime, s'agrippe, se tortille.
Il n'a pas l'air bien méchant.
En même temps, en un tournemain, Janine file ranger les enveloppes dans la boîte classeur.
Lui se laisse retomber dans le bureau, vexé, désemparé.
La directrice surgit :

DIRECTRICE. – Mais qu'est-ce que vous faites là Janine? Et vous jeune homme...?

Elle va tout de suite vérifier qu'il ne manque rien dans la boîte aux enveloppes. Elle est rassurée.
Quant à Janine, pour une fois, ce n'est pas elle la voleuse. Elle « assure ». Avec juste ce qu'il faut de frayeur et de culpabilité feintes :

JANINE. – Ben, j'étais venue récupérer mes cahiers pour pouvoir travailler chez moi. Et comme la porte était pas fermée à clé...

DIRECTRICE. – Comment ça, pas fermée à clé?

JANINE. – Ben oui, c'est pour ça que j'ai pu rentrer. Alors, je m'apprêtais à redescendre pour aller prévenir la concierge et puis j'ai entendu du bruit. Alors, je suis venue voir. Mais c'était rien. C'était juste la lucarne qu'était ouverte et Monsieur qui travaillait sur le toit.

Comme toujours, Janine ment très habilement.
Amusé et prenant de l'assurance, le jeune voleur fait chorus :

JEUNE VOLEUR. – Elle ose pas vous le dire mais c'est parce que j'ai voulu lui faire du boniment quoi, alors je me suis permis de rentrer.

DIRECTRICE. – ...?

JANINE *(sainte-nitouche)*. – Mais on n'a rien fait de mal. On allait...

JEUNE VOLEUR. – ... on « allait », mais on n'a pas!

La Directrice considère le duo, l'œil sévère :

DIRECTRICE. – C'est bien compliqué, tout ça! Vous n'avez rien à faire ici tous les deux. *(A Janine.)* Vous, rentrez faire vos exercices, *(Au jeune homme)* et vous, finissez votre travail.

Le jeune voleur ne se le fait pas dire deux fois. Il monte sur une chaise, grimpe à la lucarne, et les quitte non sans avoir salué poliment :

JEUNE VOLEUR. – Madame... Mademoiselle...

Dans la rue, le jeune voleur rattrape Janine.

JEUNE VOLEUR. – Hé je vous ai pas dit merci!

JANINE. – Eh ben, dites-le!

JEUNE VOLEUR. – Merci Janine. Je m'appelle Raoul. Pourquoi vous m'avez pas dénoncé?

JANINE. – Parce que je suis pas une rapporteuse.
Et vous, vous êtes quoi? Vous êtes couvreur ou vous êtes voleur?

RAOUL. – Les deux, mais je crois que je vais laisser tomber couvreur.

Il la regarde dans les yeux.
Il a la hardiesse un peu brusque des timides et une drôle de dégaine.
Les cheveux mouillés en arrière. Une

musette d'ouvrier tachée par les haricots à l'huile de la gamelle.

RAOUL. – Vous allez où, là?

JANINE. – Pourquoi?

RAOUL. – Parce que j'y vais aussi.

JANINE. – Ah oui? Vous êtes drôlement désinvolte comme type!

RAOUL. – C'est vrai, et vous savez pourquoi? A cause des bombardements à la Libération. J'allais encore à l'école mais j'étais pas très bon. Un jour, je reçois mon livret scolaire: je suis le dernier de la classe. J'avais peur de me faire appeler Arthur, alors je suis pas rentré à la maison, et j'ai bien fait, parce qu'une bombe elle est tombée dessus. Alors depuis je suis désinvolte.

JANINE. – Et vos parents? Ils sont morts?

RAOUL. – On les a pas retrouvés. Je suis aux Jeunesses Ouvrières Catholiques. Couché logé, mais le curé peut pas me voir. Là aussi, je sens que je vais quitter.
Tiens, venez voir.

Il l'attire vers un étal de camelot.
Un lot de lunettes de soleil.
Raoul les examine en sifflotant machinalement un petit air: *la Petite Musique de nuit.*
Les lunettes semblent drôlement plaire au jeune homme.
Janine surprend son regard. Puis elle indique une direction:

JANINE. – Vous savez quoi? J'ai envie de boire un panaché au bistrot, là-bas.

Il regarde au loin, main en visière :

RAOUL. – *Bar des Sportifs?* Je connais. Mais j'annonce la couleur, j'ai pas un rond. Ni pour la bière, ni pour les lunettes.

JANINE. – C'est pas grave. Je vous invite.

En route. C'est pas loin.
Il veut enlacer les épaules de Janine.

RAOUL. – T'es d'accord si on se tutoie?

JANINE. – D'accord...

Elle lui ôte la main en souplesse. Il rigole, siffote : *Petite Musique de nuit.*

Devant le *Bar des Sportifs*, une affichette : « Compétition de moto-cross ». On annonce Schmidt et Vasseur, des champions.

RAOUL. – C'est Schmidt qui va gagner! Vasseur y secoue bien sa machine. Mais si y a Schmidt, c'est pas la peine de s'aligner.

Il se retourne, il s'aperçoit qu'il parle tout seul.

RAOUL. – Bon, où elle est à présent?

Janine a disparu. Déception. Non, la voilà qui revient.

JANINE. – J'ai stoppé mon bas. Il était filé.

RAOUL. – Et moi, je croyais que tu m'avais lâché.

Ils s'installent en terrasse.

RAOUL. – T'aimes ça le moto-cross?

JANINE. – Je sais pas. J'en ai jamais vu.

RAOUL. – Je t'emmenerai un jour si tu veux. Des fois, moi aussi j'en fais, de la compète, mais en ce moment, si tu voyais la moto que j'ai : une « Terrot », avec side-car, alors tu parles, je me plante à chaque coup.

Soudain passionné :

RAOUL. – Tiens regarde-les, là-bas! Tu la vois, l'équipe à Cohen?

Il indique, en face, près d'un grand terrain vague à biquettes, les buttes de moto-cross où une demi-douzaine de motos rebondissent dans les bosses.

RAOUL. – Ça, c'est des vrais! Et ils sont d'accord pour me prendre avec eux, mais ils fournissent pas les bécanes. C'est pour ça que j'ai besoin d'argent. Une belle mécanique, une « anglaise », même d'occasion, je la retape. J'en fais un vrai bolide, je gagne plein de courses. Après je suis comme un petit roi! Hop!

Pour épater la jeune fille, il se tape sur le dos de la main, tente de happer en plein vol sa Celtique avec la bouche. Raté!

RAOUL. – Zut! Mais dis, à cause de moi, tu vas avoir des ennuis avec ton « école », là? Tu dois m'en vouloir?

Elle ne répond pas. Elle sort de son sac la paire de lunettes convoitée. La dépose devant son compagnon.

RAOUL. – C'est quoi, ça?

JANINE. – La preuve que je t'en veux pas.

Un temps, puis il prend les lunettes, les examine.

RAOUL. – D'accord. Je les prends. C'est chic. Mais faut me promettre de me laisser te rembourser.

Janine secoue la tête.

JANINE. – Tu pourras «jamais» me les rembourser.

RAOUL. – Pourquoi?

JANINE. – Parce que je les ai pas payées.

En même temps, elle lui refile son plus beau sourire.
D'accord. Ils sont du même bord. Raoul est séduit.

RAOUL. – J'ai ma bécane là – derrière. Si tu veux, je t'emmène faire un tour.

Janine est flattée, ça lui plairait bien mais...

JANINE. – Je peux pas. J'ai le dîner à préparer pour mes patrons.

Un temps.

RAOUL. – C'est pas vrai, t'es bonne?

Alors là, il est vachement déçu.

RAOUL. – Oh! là là, c'est con d'être bonne!

JANINE. – Je sais. Mais c'est pour ça que je prépare «Pigier». C'est pour être secrétaire-sténo-dactylo.

RAOUL. – Ben oui, mais c'est dommage, parce que c'est encore plus con!

JANINE. – Pourquoi?

Il se penche pédagogiquement vers elle.

RAOUL. – Attends, je vais t'expliquer. Là, maintenant, t'es bonne, t'es au service de deux trois personnes, mais quand tu seras secrétaire, tu seras la boniche peut-être de cent, de mille personnes. Ça dépend de la grosseur de l'entreprise, tu saisis? Non, vaut mieux encore rester bonne, je te jure.

Janine semble ébranlée. Raoul, lui, est rêveur.

RAOUL. – Puis y a quand même des compensations. Ma sœur Simone, par exemple, avant-guerre, elle était bonne chez des gens « très » riches, tellement riches qu'ils avaient un Van Gogh dans leur salle à manger. Tu sais ce que c'est un Van Gogh? ben, ça vaut de la monnaie, crois-moi. Eh bien figure-toi qu'un jour, elle découvre un coffre-fort derrière le tableau. Et tu sais quoi? le Van Gogh il était faux. *(Ça alors! Janine est désolée.)* Mais le coffre-fort, lui, il était vrai, tu vois? Eh oui!...

Le lendemain, chez les Longuet, Janine passe le plumeau, sifflote l'air de Raoul *(Petite Musique de nuit)*, et reluque les tableaux aux murs. A tout hasard, elle en soulève un.

Mais bernique!

Vestibule. On sonne à la porte. On tambourine même.

Janine court ouvrir.

C'est Longuet, pâle, décoiffé. Soutenant Séverine dans un pauvre état.

LONGUET. – Vite, Janine! Aidez-la!

Pendant qu'il fonce au téléphone, Janine aide Séverine à atteindre le canapé du salon.

LONGUET *(au téléphone)*. – Allô Jean, mais où

étais-tu bon sang? Séverine est en train de faire une fausse couche mon vieux!

Mais bien sûr « involontaire »! Hein? on était au cinéma! Oui. Elle souffre affreusement. Oui, dépêche-toi!

Sur le canapé, Séverine, en nage, le souffle court, désespérée :

SÉVERINE. – J'aurais pas mon bébé, Janine.

Janine tapote la main de sa patronne. Ne sait que faire ni que dire. Sauf :

JANINE. – Ça fait rien. Je vais vous rendre vos affaires pour la peine.

Puis elle se tait, impressionnée par l'effroyable douleur physique et surtout morale qui secoue Séverine.

13

Route de campagne.

Raoul et Janine sur la « Terrot ».

Ivresse de la vitesse.

Jeunesse.

Une des bonnes journées de la vie.

Janine est très marrante dans le side-car. Avec son casque en cuir, elle a l'air d'un vaillant petit aviateur.

Terrasse rieuse. Guinguette en bord de rivière. Familles qui prennent l'apéro. Sûrement dimanche.

Des couples dansent une belle valse émouvante.

Devant leur « panaché », Janine et Raoul rient et chahutent. Ils s'entendent bien. Ils font les fous.

Raoul essaie des tours de prestidigitation.

Patatras! Il casse son verre plus la carafe.

Ils filent à l'anglaise, pouffant comme des enfants qui tirent les sonnettes.

Sur un boulevard, ils marchent, étroitement enlacés.

On n'entend pas ce que dit Raoul. A coup sûr, des mots tendres. Définitifs.

Tout à coup, il s'arrête, serre Janine dans ses bras.

Deux enfants qui s'aiment au milieu des passants.

Plus tard, un réduit où sont entreposés des jeux hors service, tout un lot d'électrophones, de vieux disques.

Les jeunes gens essaient de faire l'amour, à même le sol, sur un tas de paquets de chansons.

Raoul n'est pas très habile.

En nage, il finit par abandonner, roule sur le côté, l'avant-bras sur le front. Morose.

Janine lui murmure gentiment :

JANINE. – Mais c'est pas grave. Y paraît que quand on s'aime vraiment, la première fois, c'est toujours raté.

RAOUL. – Alors qu'est-ce que je dois t'aimer!

Silence. Il la regarde, puis sincère :

RAOUL. – C'est vrai, tu sais! Non puis moi, pour faire ça comme y faut, faut que je sois dans un lit! Faut des draps! *(geste)* un au-dessus, un au-dessous!

Subitement, il se redresse sur un coude.

RAOUL. – Oh! t'as vu? Des tourne-disques!

Chambre Janine, une heure plus tard.

Sur le sol, un des tourne-disques qu'ils ont dû faucher, ouvert, près de leurs chaussures abandonnées.

Au lit. Hop! Raoul se tape sur le dos de la main et gobe sa Celtique au vol.

Janine lui passe la bougie pour qu'il l'allume.

Il souffle la fumée au plafond avec un petit air faraud, comme un héros de roman de Peter Cheyney.

Il la regarde avec un gentil sourire. Elle aussi.

Bref, ça c'est passé nettement mieux.

Puis le jeune homme se lève, s'accroupit près du tourne-disque, tournique les boutons, secoue le bras du pick-up.

JANINE *(au lit)*. – Tu sais, ces trucs-là, ça marche mieux avec du courant!

RAOUL. – Ah! oui merde, c'est vrai! Ben mon vieux, tu parles d'une turne!

Il est maigre comme un clou dans son vaste slip blanc. Les mains sur les hanches, il considère rêveusement la chambre.

RAOUL. – Remarque, ça ferait quand même une planque meuh-meuh pour les trucs que... *(geste virevoltant de pickpocket)*, non?

JANINE *(amusée)*. – Meuh-meuh?

RAOUL. – Ben oui « meuh-meuh »! Tu sais pas ce que ça veut dire meuh-meuh? Qu'est-ce qu'elles font les vaches?

Elle a compris, elle est hilare :

JANINE. – Meuh...!

RAOUL. – Voilà! Eh ben « Meuh-meuh » ça veut dire vachement. Même qu'en général, ça veut dire vachement bien. Puis t'as aussi « vachement meuh-meuh ». Alors là, c'est pire!

14

En ville.

Flic. Coup de sifflet. Stop.

A l'injonction du bâton blanc, la voiture de Michel s'arrête à côté d'une autre voiture – il y a deux femmes à l'avant.

Subitement Michel les voit et s'aplatit. Plié sous le volant, il marmonne :

MICHEL. – Merde! Ma femme!

A côté de lui, Janine est très excitée :

JANINE. – Elles vont reconnaître ta voiture?

MICHEL. – Y a des chances, oui.

Pas de danger. Les deux femmes sont bien trop absorbées par leur conversation.

Intense curiosité de Janine :

JANINE. – Laquelle c'est? Celle qui conduit?

Lui, dans un murmure :

MICHEL. – Non. C'est l'autre.

Janine, épatée :

JANINE. – Dis donc! elle est vachement bien!

Effectivement : dans la voiture d'à côté, l'épouse de Michel a beaucoup de charme.

Le flic rétablit la circulation. Michel laisse prudemment la voiture voisine prendre de l'avance.

Janine constate, sarcastique :

JANINE. – Qu'est-ce que t'as eu peur!

Chambre de bonne.

Bric-à-brac d'objets divers. Les larcins récents de Raoul et Janine.

Assise sur le lit, la jeune fille sifflote *la Petite Musique de nuit* en appliquant du rouge sur ses ongles de pied.

Pour récupérer sa cravate, accrochée au bras d'un Mercure de bronze, Michel manque faire tomber quelques bouteilles de vin sur la cheminée.

JANINE. – Fais attention!

Il examine les bouteilles.

MICHEL. – Dis donc, du « Pommard » 1938! Ils se mouchent pas du pied, tes patrons!

JANINE. – Qu'est-ce que ça veut dire : « Ils se mouchent pas du pied »?

MICHEL. – Ben ça veut dire qu'ils « charrient dans les bégonias ». Parce qu'une chambre de bonne, c'est pas une cave, c'est pas non plus un grenier.

JANINE *(enjouée)*. – Ah! oui tiens, je vais leur dire, qu'ils « charrient dans les bégonias ».

Michel noue sa cravate :

MICHEL. – Absolument! Si tu te laisses faire, tu es fichue, tu as des droits.

Soudain, on frappe à la porte. Cinq coups légers.

Regard surpris de Michel.

De l'autre côté de la porte, Raoul, une « œuvre d'art » sur l'épaule – comme Jean Gabin dans *les Bas-fonds* – sifflote *la Petite Musique de nuit*, le signal pour dire « c'est moi ».

Dans la chambre, Michel et Janine sont restés figés.

Lui, les doigts sur sa cravate. Elle, assise sur le lit, le pinceau à vernis à la main.

Michel a compris.

Elle comprend qu'il a compris.

Derrière la porte, Raoul. Sifflotement prolongé, trilles, variations, toute la sérénade va y passer.

Non. Il finit par laisser tomber.

Son pas s'éloigne dans le couloir.

Puis plus rien.

Comme dans un film arrêté qui reprend, Michel retourne à sa cravate, Janine à ses orteils.

Silence de plomb.

Mais elle le surveille du coin de l'œil, quêtant une réaction qui ne vient pas.

A la fin, Michel, faussement calme :

MICHEL. – Dis donc. Qu'est-ce que je représente pour toi exactement? Cinq heures par semaine?

JANINE. – Quatre.

MICHEL. – Oui. Et c'est pas ça qui suffit à combler ton existence, hein?

Il fonce enfiler son veston posé sur le dossier d'une chaise.

JANINE. – Mais c'est un garçon. Il est comme moi, tu comprends? Enfin, je veux dire : il a eu la même vie que moi, très merdique comme vie! Et il veut plus que j'aille chez « Pigier ». Il dit que c'est con d'être bonne!

JANINE *(suite)*. – Et que d'être bonne pour plein de gens, je veux dire : dans une usine où y a plein de gens, c'est encore plus con! Et que c'est ça, être secrétaire! Que c'est con et archi con!

Michel cache tant bien que mal son désarroi :

MICHEL. – Oui, enfin, c'est un type épatant, et toi tu es amoureuse de lui, quoi!

JANINE. – Mais je sais pas moi!

Elle sort des photomatons glissées dans un livre en guise de signet. Six clichés à la queue leu leu. Elle et Raoul.

Festival de grimaces abominables et désopilantes.

MICHEL *(meurtri)*. – Ah! oui, ça c'est tordant, ça!

15

Un soir, surprise, émotion.

Sur le trottoir devant chez « Pigier », oncle Rouleau!

Il guette la sortie de Janine, un paquet de fruits confits à la main, tout gauche dans son costume des dimanches, l'air vieux.

La jeune fille l'aperçoit, court vers lui. Ils s'embrassent.

JANINE. – Ça alors, je suis drôlement contente!

Lui aussi.

ROULEAU. – Ben oui, je suis d'abord allé chez tes patrons. Dis donc, c'est dans un beau quartier, hein? Et ta patronne, une bien belle personne, et drôlement gentille!

JANINE. – Ben oui. Elle a les moyens.

ROULEAU. – Elle m'a dit que je te trouverais à ton cours. C'est fini les bêtises alors? Tu veux devenir dactylo, c'est ça?

Elle reste évasive.

Dans son petit ensemble pimpant, la gamine a drôlement changé.

Il n'en revient pas.

ROULEAU. – Mon vieux. Tu deviens une belle petite poulette hein?
Sauf ton nez. Il a pas changé, ton nez. Il a toujours l'air d'un cornichon.

Salon de thé.
Pas de luxe. Mais pas mal. Janine veut épater son oncle. Elle y parvient. Vieille serveuse avec petit chariot. Du thé pour Janine. Du café au lait pour lui.
Soupir d'aise discret devant les pâtisseries. Gourmandise.

JANINE *(mondaine, pendant qu'on la sert)*. – J'adore venir ici. C'est frugal mais excellent. Merci mademoiselle!

Regard surpris de Rouleau: « Mademoiselle »?

ROULEAU *(empoté)*. – Il est où le lait?

JANINE. – Là, attends, tu fais rien, c'est moi qui m'en occupe.

Elle le sert gentiment. Elle y prend plaisir.

JANINE. – Maman a pas écrit?

Silence. Il cherche la diversion, indique le copieux gâteau qu'elle s'est choisi:

ROULEAU. – T'as choisi le plus gros?

JANINE *(rêveuse)*. – Oui.

ROULEAU. – A quoi tu penses?

JANINE. – Rien. Tu sais quand maman venait me chercher à la garderie, avant la guerre, boulevard Aristide-Briand, elle m'emmenait à la pâtisserie rose, tu te rappelles?

ROULEAU. – Oui, t'avais cinq ans et t'avais l'air d'un têtard.

JANINE. – Elle adorait ça, me voir choisir des gâteaux. Il fallait que je prenne bien mon temps et tout, et finalement je choisissais toujours le plus gros, même si c'était pas mon préféré.

Elle sourit. Puis s'éteint, d'un coup, abîmée dans les songeries.
Silence.

ROULEAU. – Je suis bête. J'allais oublier.

Il sort une feuille de papier d'un petit carton à dessin, la lui tend :

ROULEAU. – Tiens, regarde donc.

Un portrait de Janine. Assez réussi.

ROULEAU. – Et ce coup-ci, je me suis pas servi du pantographe, hein! Je l'ai tout fait de mémoire!

JANINE. – Oui, c'est pas mal. Tu t'en sers plus de ton bidule?

ROULEAU. – Tu rigoles! Heureusement que je l'ai! Parce qu'à la maison, depuis que Pascouette a plaqué ta tante, je te jure que c'est pas marrant!

JANINE. – Quoi, il est plus avec Léa?

ROULEAU. – Non.

Silence. Il hoche la tête, navré, comme si l'événement était dirigé contre lui.

ROULEAU. – Et puis tu te souviens les chrysanthèmes? Ce salaud de Pascouette, y devait partager les bénéfices avec ta tante! Eh ben peau de balle! Après la Toussaint, il s'est tout mis dans la fouille, mon vieux, et puis bon voyage, messieurs-dames! Alors qu'est-ce tu veux, ta tante, sentimentale comme elle est, ça lui a mis la rate au court-bouillon, et maintenant, ça y va au tu-tute! elle suce pas de la glace, c'est moi qui te le dis! Alors forcément, ça n'arrange pas son caractère, mais enfin, je suis habitué, c'est pas ça le pire.

JANINE. – C'est quoi?

ROULEAU. – Ben figure-toi, l'autre jour, elle était complètement ronde. Elle a raté le virage, celui qu'est si mauvais là, chez les Ripeau. Elle a embouti le facteur, l'andouille, celui qui rigole tout le temps. Il a une clavicule pétée. Alors il se marre plus. Il est très énervé. Il veut porter plainte, vu qu'elle était encore bien paf et qu'elle lui a mordu un doigt.

JANINE. – Et tante Léa, elle a rien eu?

ROULEAU. – Penses-tu! Elle est comme toi, elle a la peau dure, mais c'est la camionnette qu'est complètement naze!

JANINE. – Et les marchés alors?

ROULEAU. – Oh! c'est fini ça, tu te rends pas compte! Les frais pour réparer, ça vaut pas le coup. Non, je vais peut-être avoir une place à l'usine « Maggi ». Enfin ça, c'est pas encore sûr.

Silence.

JANINE. – Je gagne gentiment chez mes patrons. Si tu peux pas patienter deux trois mois, je pourrais te prêter un peu.

ROULEAU. – Eh dis, c'est pas pour ça que je suis venu te voir!

JANINE. – J'ai pas dit ça.

Rouleau saisit l'addition. Elle va pour protester :

ROULEAU. – Fous-moi la paix...!

Il chausse ses lunettes :

ROULEAU. – Alors, combien ça fait c't' affaire?

Elle regarde ses gros doigts usés fouiller le minuscule porte-monnaie.
Ils tremblent un peu.

Chorale.
Michel dirige.
Là-haut, à la balustrade, Janine l'observe, mêlée à un petit groupe d'auditeurs.
Elle louche vers le guide-chant (petit harmonium portatif) dont se sert Lise, l'accompagnatrice.

Quelques jours plus tard, à l'étalage d'une brocante, le guide-chant.
La voiture de Michel stoppe devant la boutique.
Au volant, Michel, très sombre. Janine, assise près de lui.

MICHEL. – J'ai parlé au brocanteur. Il m'a dit qu'une jeune fille était venue le lui vendre hier.

Silence, puis Janine, voix d'outre-tombe :

JANINE. – T'es en colère?

MICHEL. – Non.

JANINE. – Si. Tu veux pas me regarder. Ça veut dire que t'es en colère.

MICHEL. – J'ai pas besoin de te regarder. Ton visage d'aujourd'hui, je m'en souviendrai toute ma vie.

Silence.

MICHEL. – En fait, je me suis pas assez occupé de toi.

JANINE. – Si.

MICHEL. – Non. Pas assez bien. Quand on n'a pas « tout fait » pour quelqu'un, on n'a rien fait. J'ai pas su te faire faire des progrès.

Janine est vraiment bouleversée, elle marmonne, presque inaudible :

JANINE. – Si, t'as su m'en faire faire des progrès.

MICHEL. – La preuve que non.

JANINE. – Faut essayer encore...

MICHEL. – J'ai plus confiance, enfin, j'ai plus confiance en moi.

JANINE. – Alors qu'est-ce que tu vas faire?

MICHEL. – Rompre.

JANINE. – Ça veut dire que c'est fini, « rompre »?

MICHEL. – C'est ça. Ça veut dire ça, oui.

Silence.

JANINE. – Tu veux que je sorte de la voiture?

MICHEL. – Ça m'est égal.

Il attend.
Elle se décide.
Il entend la portière s'ouvrir. Se refermer. Tout doucement. Les pas de Janine s'éloigner.
Il attend.
Puis il sort de la voiture à son tour.
Le brocanteur est apparu sur le seuil de sa boutique. Un gros barbu qui ressemble à Bouglione. Il indique paisiblement la direction prise par Janine :

BROCANTEUR. – C'était elle. C'était celle-là, la fille.

Michel voit pour la dernière fois la jupe de Janine tourner le coin de la rue là-bas.

Dans sa chambre, Janine glisse des billets de banque dans une enveloppe timbrée, adressé à « Monsieur André Rouleau... rue de la Redoute, Saint-Flovier... Deux-Sèvres »...
Sur la table où elle opère, un miroir : on y voit Raoul tout nu se glisser prestement dans les draps.

16

Vacarme.
Speaker qui vocifère.
Enfer du moto-cross.
Les bolides escaladent les bosses. Rebondissent dans les flaques. Aspergent le public qui encourage les coureurs.
Une petite fille applaudit d'enthousiasme, à califourchon sur les épaules de son papa.
Cataclysme joyeux. Tout le monde est content.
Il n'y a que Janine pour faire la gueule. Bousculée. Désemparée.
Raoul a des ennuis. Sa moto dérape dans la gadoue. Il s'étale.
Crotté, boueux, il se redresse, regarde là-bas son rêve qui fout le camp : le vainqueur qui agite son bouquet de fleurs et qu'une belle fille embrasse avec chaleur.
Il fait signe qu'il abandonne.
Manquait plus que ça!

Près des pistes, un instant plus tard.

JANINE. – Mais t'es vivant, c'est déjà ça!

Raoul donne un grand coup de tatane rageur dans l'engin qui se couche comme un chien battu.

RAOUL. – Mais elle est pourrie, c'te bécane! Regarde-moi ça la merde que c'est?

JANINE. – T'as qu'à la vendre!

RAOUL. – A qui? Au fourgue qu'arrête pas de nous rouler? Jamais on n'a bien vendu quelque chose, jamais! Jamais on n'a fait un bénéfice! On est des mauvais, je te dis!

JANINE. – D'accord. On s'y prend mal.

RAOUL. – Ce qu'il nous faudrait, c'est un « coup ». Un vrai. Tu comprends?

Il la regarde. Elle comprend.

Rue déserte.
Janine guette Raoul qui se faufile hors d'un bâtiment vétuste.
Il transporte sur l'épaule un vélo auquel manque une roue.

JANINE. – Ben c'est tout ce que t'as trouvé?

RAOUL. – Je te promets, c'est un demi-course! Regarde ça, y a encore le phare qui marche!

Il actionne la « bobine ».
Lueur chiche dans la nuit.

RAOUL. – Tu vas avoir la lumière chez toi. Ça va pas être dommage!

JANINE. – Rien du tout! Je veux plus de bordel dans ma chambre! Je t'ai prévenu hein? J'ai pris personne en traître!

RAOUL. – Et la sonnette!

Il la fait marcher: tintement ridicule et taquin.

RAOUL. – Elle est encore bonne, la sonnette. Tu vas avoir la sonnette chez toi, ça va être chic comme tout!

JANINE (*rieuse*). – Ta gueule, hein... M'asticote pas.

Sonnette.
Elle lui fiche des coups.
Ils disparaissent dans le noir.
Dring dring.

Ruelle de bourgade frileuse. Janine et Raoul ont arrêté la moto devant un magasin d'antiquités.

Le jeune homme soulève la bâche du side-car : objets divers, reliquats des vols.

Regard condescendant de l'antiquaire.

L'ANTIQUAIRE. – C'est de la fauche, ça?

Raoul proteste :

RAOUL. – Ah! non, M'sieur, c'est un héritage!

L'ANTIQUAIRE. – Je fais pas les héritages, moi. Vous êtes recommandés par Le Gall?

RAOUL (*au chiqué*). – Oui...

L'antiquaire, colère subite :

L'ANTIQUAIRE. – Alors non, surtout pas! Vous entendez? Surtout pas!

Le type disparaît au fond de son magasin. Janine le suit jusque sur le seuil, elle est en pétard :

JANINE. – Ah! mais, quel sale con, ce con-là!

Elle crie pour qu'il entende :

JANINE. – S'pèce de con!

RAOUL. – Allez, laisse tomber.

Il remet en marche le side-car. Insiste rageusement sur le « kick », moteur grippé : l'humidité.

Janine se pèle de froid malgré. Nez rouge. Elle se bat les flancs.

Tout est morose.

Un soir, les Longuet donnent une réception. Rires. Brouhaha de bavardages dans tout l'appartement.

Dans le vestibule, Janine « débarrasse » les arrivants. La chambre à coucher fait vestiaire. Sur le lit s'entassent les sacs de dames, les manteaux, les pardessus.

Puis, Janine va être très occupée :

– Salle à manger : servir les hors-d'œuvre.

– Cuisine : mettre le rôti au four.

– Chambre à coucher : regrouper les objets de valeur, les étuis à cigarettes, les portefeuilles de cuir, sortir l'argent liquide des portefeuilles. Bref, tout faucher!

La salle à manger des Longuet, une heure plus tard.

Le rôti n'arrive pas. Les invités s'impatientent poliment.

Séverine jette de petits regards inquiets en direction de la cuisine.

Tout à coup :

UNE INVITÉE. – Vous ne trouvez pas que ça sent le brûlé?

Séverine se lève, file vers l'office.

Dans la cuisine, envahie par la fumée, la jeune femme sort du four un rôti carbonisé.

Maintenant, décontenancée, elle considère la coiffe, le tablier de petite bonne, abandonnés sur le carrelage.

Et la fenêtre, grande ouverte sur la nuit.

17

Petit matin frisquet.

La « Terrot » trace la route.

Le butin a été emballé à la diable, dans des ballots, à l'arrière, sur les genoux de Janine, un peu partout.

Une petite ville endormie traversée à toute allure.

Un vieux bateau de pêche échoué.

Un terrain vague.

Enfin, Raoul stoppe la moto.

Tout est désert.

Il relève ses lunettes de motard sur son front bleui de froid.

Janine reste assise dans le side-car. Engourdie. Comme Raoul, elle a les yeux fixés devant elle.

La plage, immense.

Et la mer, toute grise.

Visiblement, c'est la première fois qu'ils la voient.

Silence. Puis :

RAOUL. – Ça te plaît?

JANINE. – Je la voyais pas de cette couleur-là.

D'un coup, le soleil réchauffe tout.

Janine, en maillot de bain noir, court sur la plage, plonge dans les rouleaux, s'ébroue dans les vagues.

Maintenant, entre la mer et les prés, un creux dans l'immense moutonnement de dunes blanches, et deux tentes de toile orange minuscules. L'une leur sert de chambre à coucher, l'autre d'entrepôt pour la camelote volée.

Devant l'une d'elles, Raoul, en slip, serviette éponge sur les épaules, se rase au blaireau. Savon à barbe sur tout le visage, sauf sous le nez.

Janine se jette sans crier gare! et toute mouillée contre le dos nu du jeune homme.

Il ne l'a pas entendue arriver. Il hurle de saisissement.

RAOUL. – Ah! non merde! t'es con! j'me suis coupé!

Chahut. Rigolade. Il la course en essayant de lui refiler des coups de serviette.

RAOUL. – Tu vas voir! Saloperie! Saleté humaine!

Il lui saute dessus. La bloque. A califourchon.

Fou rire de Janine.

Raoul désigne l'espace sous son nez.

RAOUL. – T'as vu? Je me laisse pousser les moustaches!

JANINE *(gaiement)*. – Ah! non, c'est tarte les moustaches!

RAOUL. – Mais non, c'est pas tarte du tout! Dans deux semaines, je me repointe en ville, personne me reconnaît plus! Je suis « incognito »!

JANINE. – Et alors?

RAOUL. – Alors on se paie une vraie moto, et à nous la belle vie poulette!

Tout gringalet, torse étroit et blanc, jambes maigres et poilues, il pousse un hululement sauvage.

RAOUL. – Tu l'as pas vu jouer, *Tarzan dans les Mines de Gruyère*?

Dans le pré voisin, une fermière – poitrine forte sous le pull marron – mène les vaches à paître. Elle aperçoit, sur la dune, les deux petits corps nus et blancs qui à présent se mélangent. Son visage exprime beaucoup de curiosité et peu d'indulgence.

Soir. Feu de camp. Trois pierres, un paquet de brindilles, une gamelle d'ouvrier, Janine fait la tambouille.

Accroupie, elle souffle sur les braises pour les attiser.

Vieux short, haut de maillot de bain. – On dirait Harriett Anderson dans *Un été avec Monika*.

Raoul débouche du sommet de la dune, avec une musette pleine et bosselée qu'il brandit tout joyeux :

RAOUL. – Eh, je suis tombé sur des bancs à huîtres!

Puis il s'arrête, comme troublé de la voir s'activer ainsi.

Si gracieuse, charmante et simple.

Il s'approche, puis s'assied, à quelques mètres d'elle.

Pour rien. Pour la regarder.

Elle lui sourit sans cesser de travailler.

Un sourire fugitif, lumineux, précaire comme le bonheur.

Myriades d'étoiles.
Devant le feu de camp, Raoul étreint doucement Janine, puis lève les yeux vers le ciel.

RAOUL. – Paraît qu'y a personne là-dessus!

JANINE. – Ah bon? Elles servent à rien alors?

RAOUL. – Ben non. Elles travaillent pas. Elles sont comme nous. Elles brillent, elles sont belles, et puis c'est tout. Elles sont comme toi ma jolie. Alors que sur terre, on se troue le cul à travailler, t'as pas remarqué?

JANINE. – Mmmm...

RAOUL. – Non. Ce qu'est beau, c'est ce qui travaille pas, c'est ce qui sert à rien, c'est le luxe quoi!

JANINE. – Si c'est ça, alors j'en veux, tu m'en donneras...?

Il l'entoure de ses bras. Elle se blottit. Le cœur qui bat fort. Sombre plaisir des soirs légers.

Jour. La dune. Un objet ovoïde à demi enfoui dans le sable.

JANINE. – Viens voir!

Ses yeux brillent d'excitation.
Elle ramasse le truc.
Raoul la rejoint, essoufflé. – ça y est, il a un semblant de moustache: un duvet qui, paradoxalement, lui donne l'air encore plus jeune.

RAOUL. – Fais gaffe, fais gaffe! c'est une grenade!

Il s'en empare, l'examine :

RAOUL. – Une amerloque...!

JANINE. – Elle est encore bonne?

RAOUL. – On va voir...

Comme Errol Flynn dans *Aventures en Birmanie*, il dégoupille, balance.

Ils s'aplatissent.

Boum! Explosion. Beuglements. Galopade.

Résultat : dans le pré voisin, les vaches sont devenues folles.

La fermière se rue vers eux à toutes jambes.

Raoul et Janine détalent.

FERMIÈRE. – Nudistes! Dégueulasses! vous croyez que je vous ai pas vus, l'autre jour? Chiftires, va, saloperies!

Elle les hait.

Un matin, la dune.

A plat ventre dans les herbes maritimes, Janine guette quelque chose. Un lapin, qui n'a rien vu, rien entendu, et qui se fait prendre au sortir de son terrier.

Janine se relève, pas mécontente, brandissant sa prise par les oreilles.

Au même moment, Raoul arrive au loin, sur la route, avec son side-car, revenant sans doute d'une virée en ville.

Au bruit familier du moteur, Janine tourne la tête, le sourire radieux...

Elle ne rit pas longtemps.

Elle voit la fermière traverser le pré dans sa direction, à la tête d'une demi-douzaine de gendarmes.

Janine lâche le lapin qui décampe sans demander son reste.

Raoul a tout aperçu de loin. Il planque aussitôt sa moto derrière un buisson. Impuissant, il assiste à tout, voit tout :

La cavalcade désespérée de Janine et des gendarmes vers la plage, son arrestation violente à mi-pente, la satisfaction de la fermière, les gendarmes mettant à bas les tentes, piétinant le bric-à-brac, le portrait dessiné par oncle Rouleau.

Sur la route, le side-car surgit de sa cachette, disparaît dans un virage. Raoul s'enfuit...

18

Visages de jeunes filles.
Certaines, presque des enfants.
Sombres. Butées. Tendues. Farouches.
Traits tirés aux cernes de branleuses.
Tabliers gris.
Galoches.
Au garde-à-vous. On dirait qu'elles posent.
(Parmi elles, Janine. Amaigrie. Fini les coiffures de dame : elle a retrouvé ses crins.)
Visages de religieuses.
Certains doux, patients. D'autres durs, intraitables.
Elles aussi prennent la pose.

Nous sommes dans une cour au sol bitumé.
Un seul arbre maigre.
Architecture de caserne.
Maison de redressement pour mineures délinquantes...
Une trentaine de filles, plus dix religieuses et la mère supérieure, se sont regroupées pour « la Photo », autour du tableau noir où est inscrit à la craie :

« Bons Pasteurs de Saint-Avit »
1950

C'est une « pupille », Mauricette (16 ans), belle brune à l'air têtu, qui photographie.

Elle vise dans un boîtier Rolleiflex monté sur pied et dirige les opérations d'une voix rauque, sensuelle, impérieuse :

MAURICETTE. – Mère Éliane, je vous vois pas. Plus à gauche.

La religieuse va à droite.

MAURICETTE. – Non. A « ma » gauche, c'est ça.

Puis Mauricette apostrophe Janine :

MAURICETTE. – Reste pas là plantée comme une courge, toi, t'es grande! Mets-toi derrière!

Janine s'exécute.

MAURICETTE. – Non. Pas là. Derrière Kébadian!

Janine déboussolée. Mauricette accablée :

MAURICETTE. – Bon d'accord. Bouge plus. Reste là, t'es bien!

Mauricette vérifie avec sérieux que toutes sont placées.

Beau regard crapuleux d'agitée. Autorité de « leader ».

MAURICETTE. – Attention. Ne bougeons plus. Le petit oiseau va sortir.

Tout le monde se fige. Clic. Clac.

MAURICETTE. – Voaaaaaa- là!

Quelques instants plus tard, Mauricette et Kébadian, sa copine, transportent vers le préau les bancs qui ont servi pour la photo.

Au milieu de la cour, le « Rollei » est encore sur son trépied.

Petit objet noir patibulaire, fascinant.

Janine tournique autour.

Risque un œil dans le viseur de l'appareil.

Kébadian indique à Mauricette le manège de Janine.

Aussitôt, Mauricette pose son banc, interpelle Janine qui sursaute :

MAURICETTE. – Touches-y voir, la nouvelle, t'as ma main sur la gueule!

Le sourire est dur, altier.

Mauricette et Kébadian ricanent.

Janine bat en retraite, la tête dans les épaules.

Solitude.

Infirmerie.

Piqûre. Diphtérie, polio, tétanos.

Dans l'épaule. Là où y a l'os. Là où ça fait mal.

UNE RELIGIEUSE. – Prenez vos distances. Celles qui sont formées gardent leur maillot de corps.

Piétinement. Les « pupilles » s'exécutent à la queue leu leu. La plupart en maillot de corps. Janine cachant sa poitrine dans ses bras repliés.

Fait chaud. Sueur.

Mauricette finit d'ôter sa blouse, exhibant sans honte une poitrine pleine, développée.

Regards subjugués des copines.

Prestige.

La religieuse surveillante surgit :

RELIGIEUSE. – Qu'est-ce que j'ai dit, Dargelos! Et le maillot de corps?

MAURICETTE. – Quoi, le maillot de corps? Faut bien qu'y prennent l'air, non mais sans blague!

Rire. Charivari.

RELIGIEUSE. – Ça va aller mal, Dargelos, je vous préviens! Je vous ordonne de vous couvrir!

En même temps, elle lui agite l'index sous le nez.

Mauricette feint de le mordre. « Hrrrgnnn! »

La religieuse saute en arrière.

Une rumeur sourd de toutes les lèvres closes :

– Mmmmmm... Mmmmmmm...

Les religieuses hurlent pour demander le silence.

Impressionnée, Janine se dévisse le cou pour mieux voir ce qui se passe. Elle ne voit pas arriver la seringue, paf! qu'une religieuse grassouillette lui enfonce d'un coup sec.

JANINE. – Aï-euh!

RELIGIEUSE. – Gueule, gueule ma fille. Ça va pas te tuer, va... et ce qui ne nous tue pas nous rend plus fortes!

Janine serre les dents.

Réfectoire. Souper du soir.

Juchée sur une petite estrade, Janine lit à haute voix, pour ses camarades, *les Aventures de Télémaque* de Fénelon.

Aux tables, on n'a pas le droit de parler, on n'a le droit que de manger son hachis Parmentier.

Sous les tables, activité clandestine. Troc.

Une fille blême, qui porte épinglée sur la blouse la « Croix des Méritantes », louche sur le hachis Parmentier de sa voisine et lui propose un fascicule des *Chansons de l'Année.*

Tentée, l'autre lui glisse la moitié de sa portion.

La fille blême, coup de menton avide :

– Tout!

La religieuse surveillante claque des mains.

Aussitôt, une fille se lève et vient remplacer Janine pour la lecture à haute voix.

Rejoignant la tablée, Janine constate qu'on lui a fauché son dessert.

Toutes les filles sauf elle ont une pomme devant leur assiette.

Janine regarde à l'entour, puis sous la table, pas longtemps.

Elle croise le regard ironique de Mauricette, en face d'elle, et de Kébadian, sa voisine.

KÉBADIAN. – Qu'est-ce qu'y a, Castang? tu cherches ton dessert?

JANINE *(candide).* – Oui?

KÉBADIAN. – Eh ben cherche pas, ma poule, le v'là!

Le sourire provocant, Kébadian flanque le fruit qu'elle finissait de ronger au beau milieu de l'assiette de Janine.

Les rires fusent.

Mauricette observe avec une vive curiosité ce qui va se passer.

Janine ne bronche pas.

Simplement, elle prend sa fourchette, et d'un coup sans appel, la plante dans la main de Kébadian.

Silence médusé.

JANINE. – Si tu veux quelque chose, la prochaine fois, tu le demandes!

Kébadian, bouche bée, considère sa main, puis Mauricette. Elle balbutie :

KÉBADIAN. – T'as vu ce qu'elle m'a fait, cette salope?

Mauricette hausse les épaules d'un petit air amusé, fataliste.
Puis Janine est renversée hors du banc par le coup que Kébadian lui assène avec un plat vide.
Elle roule au sol.
Kébadian se rue sur elle.
Claques. Coups de poing.
Janine se défend âprement, rend coup pour coup.
Mauricette suit le combat avec intérêt.
Toutes les « pupilles » cognent en rythme sur les tables en scandant :

– Tue-la! Tue-la!

Les religieuses accourent.

Escalier dégringolé. Les caves servent de cachots.
Les religieuses y entraînent brutalement Kébadian et Janine.

UNE RELIGIEUSE. – Huit jours, mes pauvres filles! Vous serez pas déçues!

Deux « cellules » côte à côte.
Portes de bois refermées.
Aussitôt Kébadian tape sur tout ce qui l'entoure. En gueulant. Hurlements sans mot, de rage pure.

Dans sa cellule, Janine amochée, assise sur le bat-flanc, se bouche les oreilles.

Nuit. Kébadian a cessé de crier.

Janine ne dort pas, grignote un gâteau sec, couchée sur le bat-flanc.

Elle pense à Raoul; chantonne à mi-voix *la Petite Musique de nuit.*

19

Jour.

Avec un caillou, Janine trace une croix sur le deuxième des huit traits verticaux qu'elle a gravés sur le mur du cachot – huit traits, huit jours. La porte s'ouvre.

RELIGIEUSE. – Tu sors.

Quelques instants plus tard, Janine, en compagnie de Mauricette, suit la robe de la surveillante à travers les couloirs humides du rez-de-chaussée. Janine ne comprend rien à ce qui lui arrive.

Mauricette explique à mi-voix :

MAURICETTE. – Elles veulent une photo pour leur brochure. Je t'ai demandé pour être mon assistante. Je leur ai dit que tu t'y connaissais en photo.

JANINE. – Oh! la vache, t'es drôlement gonflée, dis donc!

MAURICETTE. – Tu parles... quand elles ont besoin de toi, tu peux obtenir ce que tu veux.

JANINE. – Alors tu m'as obtenue?

Elle sourit, enchantée.

Avec ses coquards et ses bleus, ça lui fait une drôle de bouille.

Dortoir. Nuit.

Mauricette est tournée vers Janine, confidences murmurées de lit à lit.

MAURICETTE. – J'aime trop ça... rire... faire la noce. Ça me rend folle.

Silence, regard noyé.

MAURICETTE. – Tu sais, avec Raymond, des fois, il me fait tellement jouir, ça me donne envie de rendre.

JANINE. – Moi, la plus amoureuse que j'ai été, j'avais neuf ans, c'était avec un boche de la Kommandantur. Il avait de beaux cheveux. Une voix toute douce. Je crois qu'il aimait bien ma mère. Il me disait que j'étais une personne exceptionnelle.

Elle se tait, engourdie de souvenirs.

Mauricette respecte.

JANINE. – Après, les types que j'ai eus, ils ont pas su me faire faire de progrès.

MAURICETTE. – T'en as emballés beaucoup?

JANINE *(doux aplomb)*. – Pas mal.

Silence.

Mauricette murmure:

MAURICETTE. – Ça te barbe si je viens dans ton lit?

JANINE. – Non.

MAURICETTE. – Alors je viens.

JANINE. – D'accord.

Mauricette la rejoint.
Elles se blottissent l'une contre l'autre.
Insatiables de tendresse.

Le lendemain, elles préparent le « décor » de la photo dans un coin du réfectoire.
Janine tend un crucifix à Mauricette, perchée sur une échelle près d'un rideau de velours gris.
Mauricette fixe le crucifix puis juge de l'effet.

JANINE. – C'est vrai que t'as assassiné ton beau-père?

MAURICETTE. – Ça va pas non? Je l'ai assommé. Faut pas exagérer, quand même! Il arrêtait pas de me peloter, ce con-là! Le matin, le soir, dès que maman avait le dos tourné. Pendant un an j'ai rien osé dire, j'étais paralysée. Puis un jour, je sais pas ce qui se passe mon vieux, il me met carrément la main dans la culotte... Alors là, je lui ai balancé un grand coup de marteau. Paf!

Avec le crucifix, elle mime le coup, très violent puis elle descend de l'escabeau, va viser dans le « Rollei ».

JANINE. – Les filles disent que c'est ton jules qui te l'a donné ton « Rollei ».

MAURICETTE. – Oui oui, c'est vrai, c'est Raymond.

JANINE. – En échange de coucher avec?

MAURICETTE. – Tu rigoles? Il a jamais eu besoin de me payer pour m'avoir, Raymond! C'est même lui qui me l'a apprise la photographie. Moi, je faisais les ménages, je travaillais chez ses parents. Le « Rollei », il l'a piqué au magasin de son père!

JANINE. – Un cadeau d'amour quoi!

Mauricette sourit :

MAURICETTE. – Oui. C'est ça.

JANINE. – Il est comment, Raymond?

MAURICETTE. – Vachement beau! J'avais une photo. Sœur Marie-Odile me l'a piquée, c't'enflée. Pet, pet, la v'là!

L'arrivée de la supérieure et de sœur Marie-Odile, excitées, pomponnées, brise net les confidences.

SUPÉRIEURE. – Eh bien, mes filles? Est-ce que notre décor est prêt?

Pénombre.
Déclic d'interrupteur.
Projection par agrandisseur du cliché de Mauricette : la supérieure et sœur Marie-Odile dans une pose très officielle.
La photo est rébarbative mais Janine est inconditionnelle :

JANINE. – Choueeette!

Nous sommes dans la « chambre noire » (un placard sous un escalier).

MAURICETTE. – Y a trop de contraste.

JANINE. – C'est quoi?

MAURICETTE. – Les noirs sont trop noirs et les blancs trop blancs. Tiens, regarde, la cornette de la Mère Sup', on dirait du fromage blanc.

Janine est soucieuse :

JANINE. – Faut faire quelque chose.

Mauricette fait cache avec la main :

MAURICETTE. – Si je mets ma main comme ça, tu vois, j'empêche la lumière de passer. Ça donne un blanc moins fort, c'est plus fin, comme rendu, et pour le noir, je fais le contraire, je le bombarde de lumière.

JANINE. – C'est pour ça qu'on dit « un tirage » ? à cause que tu le bombardes ?

Mauricette n'y avait pas pensé.

MAURICETTE. – Ah! ben oui, c'est pour ça.

Janine est convaincue :

JANINE. – Oui, ça sera mieux comme résultat.

Un temps puis, exaltée :

JANINE. – T'expliques bien!

Soudain, regard au tirage :

JANINE. – Eh, fais attention, tu vas avoir trop de noir, là!

MAURICETTE. – Ah! oui, t'as raison.

Elle s'active pour corriger l'erreur.
Visage attentif de Janine.
Apprendre. Apprendre. Apprendre.

Elles sortent du placard-labo.
Mauricette fait le geste de cadrer, les mains en quadrilatère.
Janine argumente. Mauricette lui enlace gentiment les épaules.
De loin, elles croisent sans la voir Kébadian, de retour du cachot, qui les considère, le visage de plomb.

Qu'est-ce qu'elle a donc fait,
La p'tite hirondelle?
Elle nous a volé
Trois gros sacs de blés

Sortie « plein air ».

En rang par deux, les « pupilles » des Bons Pasteurs passent le portail en chantant. Quatre sœurs en serre-file.

La concierge les considère, entourée de marmots, dont une fillette (quatre-cinq ans) qui lance des pierres et qui les engueule :

PETITE FILLE. – Feignantes! Feignantes!

Inséparables, Mauricette et Janine chantent avec conviction.

Kébadian beugle :

KÉBADIAN. – *Passe, passera,*
La dernière, la dernière,
Passe, passera,
La dernière restera.

Les photos commandées sont prêtes.

Janine toque à la porte du bureau de la mère supérieure.

Pas de réponse.

Elle entre.

Sur une table, son dossier : « CASTANG JANINE ».

Sous-chemise maigrichonne. Documents administratifs. Des mots, sa vie :

Cas résiduel... regard fuyant (Janine tique)... *psycho-moral... réglée à 15 ans... organe de l'estime de soi déprimé.*

Organe de l'estime de soi déprimé?

Une lettre manuscrite attire son attention.

Papier à en-tête des Longuet. Jolie écriture à l'encre bleue.

Séverine!

VOIX DE SÉVERINE. – Je n'ai pourtant jamais abusé d'aucune espèce d'autorité. Enfin, je ne crois pas. Au contraire. J'essayais d'établir un vrai rapport de complicité entre nous. Il nous arrivait même de plaisanter, parfois, comme de véritables amies. Je suis stupéfaite, peinée. Surtout peinée.

Culpabilisée à fond, Janine laisse tomber. Deux mots à l'encre rouge classent la lettre:

Circonstances aggravantes.

Atelier de cartonnerie.

Janine rejoint Mauricette qui plie des cartons d'emballage. Elle s'assoit à côté de sa copine en déposant quelque chose sur la table:

JANINE. – Tiens. Cadeau!

La photo de Raymond. Vingt-cinq ans. Beau gosse.

MAURICETTE. – Oh! Raymond! oh! ce que t'es chic!

RELIGIEUSE *(fort, pour faire cesser les bavardages).* – Dargelos!

Janine s'empare d'un carton d'emballage, continue à mi-voix en travaillant:

JANINE. – J'ai lu dans ton dossier. Ton beau-père veut pas retirer sa plainte. Tu repasses au juge le mois prochain.

Silence.

MAURICETTE. – Je m'en fous, je me serai tirée avant.

Janine est paniquée :

JANINE. – T'as un projet?

MAURICETTE. – Un peu, oui! Y pourront aller tous se faire ramoner!

RELIGIEUSE *(fort)*. – Qu'est-ce que j'ai dit, Dargelos? On ne bavasse pas!

Silence.

JANINE. – Tu m'emmènes hein? Déconne pas.

RELIGIEUSE. – Castang!

Janine, fort, excédée :

JANINE. – Mer-deuh!

Les deux copines se regardent, pouffent de rire.

Stade municipal.

PROF. – Un, deux, troaaaas, quatre. Un, deux, troaaaas, quatre.

Les « pupilles » font de la gym.
L'une d'elles lève la main :

– Je peux aller aux cabinets, ma sœur?

Permission accordée.
Elle file vers les vestiaires. Ouvre la porte.
Cri.
Dans les toilettes, Kébadian s'est ouvert les veines.

Au bord du stade, la supérieure et les religieuses accourent.
Deux types en blouse blanche sortent des vestiaires le cadavre de Kébadian, roulé dans un drap.
Près d'une camionnette des bonshommes à l'air important conciliabulent.
Visages ahuris des pupilles.
Janine et Mauricette, anéanties.

Qu'est-ce qu'elle a donc fait?
La p'tite hirondelle.

Sortie plein air.
Voix fraîches. Petits nuages de buée. Cache-nez.
Ce matin, la fillette de la concierge est de bon poil. Elle ne lance pas de pierres.
Au contraire, elle salue gentiment de la main :

FILLETTE. – Au revoir, au revoir.

Janine la regarde au passage, tendue comme une arbalète.
Mauricette affiche un faux calme.
En bandoulière, dans sa housse de cuir fauve, le « Rollei » se balance au rythme de son pas.

Traversée du bourg.

Elle nous a volé
Trois gros sacs de blé.

Rue parallèle.
Une auto à l'arrêt.
Raymond au volant (25/28 ans).
Sombre. L'air d'un jeune qui se prend pour un vieux.

Passe, passera
La dernière, la dernière.

Là-bas, les « pupilles » qui traversent, en rangs par deux...

Passe, passera
La dernière restera.

Rheuh! Rheuh! Coups de klaxon.
Le signal.
Mauricette regarde Janine.

MAURICETTE. – Allez!

Elles se ruent dans une transversale.
Coups de sifflet.
Deux sœurs aux fesses.
Cinquante mètres à fond de train.
Une des sœurs trébuche, tombe à plat ventre.
Récupération des « évadées » par l'auto de Raymond.
Demi-tour spectaculaire devant les copines ébaubies.
La voiture disparaît à un angle de rue.
Rheuh! Rheuh!

A tout berzingue sur les départementales.
Hop! les blouses! jetées sans regret hors de l'auto.
Raymond a pensé à tout.
Fringues de rechange qu'elles passent vite fait.
Pour Janine : un blouson, un pantalon de soldat.
Thermos de café et boustifaille.
Gros casse-croûte au jambon. Au rosbif. A la confiture. Les bonnes choses dont elles ont perdu l'habitude.

Elles s'en mettent plein les trous de nez.
Raymond. Demi-sourire. Triomphe discret, conduite sportive.

RAYMOND. – Si on garde la moyenne, demain soir on est à Paris. Y a pas intérêt à ralentir. J'ai braqué le magasin de mon père.

Mauricette est ravie :

MAURICETTE. – Encore?

RAYMOND. – Encore! Et je reviendrai dès que je pourrai, et je lui piquerai le reste!

MAURICETTE. – De toute façon, tu pourras jamais autant le voler qu'il a volé de gens au marché noir hein?

RAYMOND. – Oui mais ce coup-ci, c'est du sérieux! J'en ai plein le coffre : deux « Rollei », des objectifs, des petits boîtiers. J'ai pas eu le temps de tout compter!

Mauricette regarde Janine. Elle aimerait que Raymond lui fasse bonne impression.
Mais Janine n'écoute pas.
Hors du coup.
Le paysage défile.
Elle essaie d'y déchiffrer son avenir.

Fin de jour. Une allée forestière.
L'auto des fugitifs, stoppée sous les arbres.
Sur la banquette arrière, Raymond et Mauricette n'ont pu y tenir : ils se pelotent et s'embrassent à corps perdu.
Ça doit durer depuis un moment. A l'avant, Janine n'en peut plus. Elle finit par ouvrir la portière. Elle marmonne :

JANINE. – Bon, ben moi, je vais faire un tour.

A l'arrière, pas de réponse : un chuchotement de vêtements froissés.

Janine s'éloigne sur le chemin, poings au fond des poches.

Un moment a passé.

Le soir tombe. Cri lointain des oiseaux de nuit.

On retrouve Janine prostrée, genoux dans les bras, près d'un petit étang envahi de roseaux.

Et subitement, elle se plie en deux, se presse le ventre, vomit.

Aube. Petite ville. Une « Place de la Gare ».

L'auto arrive et stoppe.

Endormies à l'arrière, des vêtements en guise de couvertures, les deux filles émergent, les cheveux en pétard.

MAURICETTE. – Pourquoi on s'arrête?

RAYMOND. – Faut que j'aille à la gare. Je vais acheter le journal.

MAURICETTE. – Qu'est-ce t'espères? On n'est pas si gros gibier que ça tu sais!

Il sort. les deux filles restent seules un moment.

JANINE. – Je crois que je suis enceinte.

Ça, c'est un événement! Pas spécialement fière, Janine regarde son amie.

MAURICETTE. – C'est qui?

JANINE. – Raoul. Ça doit être quand on était au bord de la mer, à Stella Plage.

Silence, nostalgie.

JANINE. – Les dates, tout, ça colle *(pauvre sourire)* et moi je suis pas dans la merde.

Mauricette compatit :

MAURICETTE. – Ben oui, tu parles d'une tuile. Qu'est-ce que tu vas faire?

JANINE. – Chercher Raoul.

MAURICETTE. – Et si tu le trouves pas?

JANINE. – Oh! ben alors là.

Avec le pouce, Janine esquisse un petit geste sec en travers de son ventre :

JANINE. – Crrrc! Tu vois ce que je veux dire?

Mauricette voit parfaitement.

La micheline arrive.
Les trois sur le quai de la gare.
Raymond embrasse Janine deux fois sur chaque joue.
Puis lui glisse du fric dans sa poche de blouson.
Discrètement et gentiment.

JANINE. – Merci.

RAYMOND. – Dix sacs. Tu parles! Allez adios.

Il s'éloigne.
Laisser les deux amies seules.
Elles se regardent longuement en silence. Le regard droit.
Puis Janine hausse les épaules. Ya pas de mots pour ces situations-là.
Peut-être qu'elles se reverront jamais.
Subitement, Mauricette ôte la bandoulière du « Rollei » de son épaule, l'accroche à celle de Janine.

Les mains de Janine se referment sur la housse de cuir fauve, comme sur un trésor inestimable.

MAURICETTE. – C'est pour que tu te rappelles. Le perds pas.

Janine acquiesce.
Sifflet.
Le train va partir.

JANINE *(désemparée)*. – Salut.

MAURICETTE. – Salut.

Janine se détourne brusquement. Grimpe dans le train qui s'ébranle.
Disparaît à l'intérieur.
Mauricette se dirige vers un banc du quai. S'assoit. Sans parler.
Raymond attend que ça se passe.

20

Matin pâle.

Silence des fenêtres fermées.

Les rues de la petite ville ont des allures d'absentes...

Un autocar arrive déposant Janine, petit soldat fatigué, sur la place de l'église.

La Mère Busato soulève le rideau de fer de son bureau de tabac. Han! d'un grand coup de rein.

La grand-place, l'église, l'avorteuse : Janine est revenue à la case départ.

Quelques instants plus tard, chez les Rouleau, Janine contemple ce qu'est devenu son coin-chambre : un débarras rempli de cagettes à fromage.

Dans la cuisine, Tante Léa, tablier taché, visage rongé par les déceptions, presque méconnaissable, sort plusieurs litres de vin d'un cageot de métal. Elle les pose sans précaution sur la table, exprès, sur les dessins de Rouleau, qui préfère s'écraser derrière son pantographe.

(Il semble encore plus fatigué que la dernière fois. Encore plus vieux.)

Quand elle s'adresse à Janine, Léa a le phrasé lent et trop précis des ivrognes :

LÉA. – Alors ta mère nous a écrit, figure-toi.

Janine se retourne, pâle d'émotion.

JANINE. – C'est vrai?

Léa va rincer deux trois verres sales dans l'évier.

LÉA. – Ouais. T'en reviens pas hein? Moi aussi, j'en étais comme deux ronds de flan. Paraît qu'elle a rompu avec son Marcello, là... qu'elle s'est trouvé un autre type avec aussi un nom qui finit par un O... Gino, Giaccomo, je sais plus quoi, paraît qu'ils habitent dans une île du côté de Palerme, quelque part par là.

JANINE. – Tu l'as la lettre?

LÉA. – Je sais plus ce que j'en ai fait.

JANINE. – Ah bon?

LÉA. – Ben oui, je m'excuse hein. Je pouvais pas savoir que tu nous ferais les honneurs d'une visite! Puis de toute façon, elle parlait pas de toi.

JANINE. – ...

Rouleau, soudain révolté :

ROULEAU. – C'est pas vrai! Elle voulait tout savoir! Comment tu travaillais à l'école, si t'étais belle personne, si t'avais grandi! (*A Léa.*) Mais pourquoi tu lui racontes des histoires, toi?

LÉA. – Parce que je suis méchante, parce que ça me fait plaisir!

Silence.

JANINE. – Je pourrais pas coucher là cette nuit?

LÉA. – Y a plus de place.

JANINE. – Je les débarrasserai, les cagettes. Je peux coucher par terre.

LÉA. – Je t'ai dit que non, t'es sourde? Elle passe des mois entiers sans donner de nouvelles, et puis quand elle est dans le cambouis, là!

JANINE. – Une nuit, c'est pas beaucoup.

ROULEAU. – Les gendarmes sont venus, hier. Ils cherchaient après toi. Paraît que tu t'es évadée alors?

Janine abdique.
Elle vient s'asseoir à table. Pâle. Au bord de défaillir.

JANINE. – Y a rien à manger?

LÉA. – Non. Ça aussi c'est fini. Je fais plus la tambouille moi, terminus! Ni pour toi, ni pour l'autre vieille tanche, là, l'impuissant!

Elle s'arrête soudain, comme troublée par l'excès de ses derniers mots.

LÉA. – Y a du reste d'hier, t'auras qu'à le faire réchauffer. Puis après tu t'en vas. C'est ce que t'as de mieux à faire, je te le dis.

Silence.

LÉA. – T'as vu un peu la gueule qu'on se paye? Si tu restes là, t'auras la même.

JANINE. – Laquelle?

LÉA. – Celle de quelqu'un à qui manquera toujours cent balles.

Rouleau regarde sa femme, puis se recolle à son dessin. Y a plus que ça qui compte. Juste un peu plus fébrile. Un peu plus accablé.
Léa le considère fixement, comme s'il était le seul responsable du naufrage.

L'arrière-boutique de la Mère Busato.
Le chat dort sur la cage à serin.
Janine rajuste son pantalon.
La Mère Busato finit de se laver les mains.

MÈRE BUSATO. – Je peux rien faire avant demain.

JANINE. – Pourquoi?

MÈRE BUSATO. – En cas de complication, vaut mieux que vous soyez à jeun. En attendant y me faut des arrhes. Y me faut vingt mille.

JANINE. – J'ai pas vingt mille.

MÈRE BUSATO. – Combien vous avez?

Janine hausse les épaules.

MÈRE BUSATO. – Et ça c'est quoi?

Coup de menton : le « Rollei ».
Janine panique :

JANINE. – Oh! ben ça, c'est à moi!

La Mère Busato lui décroche d'autorité l'appareil de l'épaule.

MÈRE BUSATO. – Faites voir un peu, c't'affaire?

JANINE. – Ça vaut plus de vingt mille, ça!

MÈRE BUSATO. – Oh! ça, c'est vous qui le dites!

Elle extrait l'appareil de sa housse, qu'elle rend, vide, à Janine.

MÈRE BUSATO. – Tiens, ça j'en veux pas!

Elle va enfermer le « Rollei » dans un buffet.
Janine y aperçoit tout un étalage de receleuse.
Clac! porte refermée.

MÈRE BUSATO. – Voilà. A demain.

Janine va pour sortir par la porte vitrée qui communique avec le tabac.

MÈRE BUSATO. – Non, pas par là, c'est le bureau de tabac!

Elle indique la porte qui donne sur la place:

MÈRE BUSATO. – C'est par ici la sortie.

Le soir tombe sur la place de l'église.
Tenant par la bride la housse vide du « Rollei », Janine est assise sur une charrette abandonnée. Elle regarde de temps en temps vers le tabac Busato.
Désarroi.
Passage d'un lourd tombereau de paysan. A l'arrière, un chien gueulard qui lui aboie dessus.
Soudain, elle aperçoit le fourgon de la gendarmerie qui débouche d'une ruelle et effectue tranquillement le tour de la place.
Simple ronde de routine, mais d'instinct, Janine se lève.

Pas loin, l'entrée d'un petit cinéma.
Refuge.
La jeune fille y pénètre.
On affiche *Musique en tête*, avec Jacques Hélian et son orchestre.

La séance est commencée.
Générique Actualités Pathé.
Janine s'installe dans la salle obscure.
Le commentateur commente :

COMMENTATEUR. – « ... Le navire *Athos* quitte Toulon à destination de l'Indochine... A son bord, les soldats du sixième régiment de fusiliers marins,... etc. »

Sur l'écran : de jeunes recrues grimpent la passerelle d'un gros navire.
Soudain, Janine bouleversée, elle voit sur l'écran un des engagés se retourner pour sourire à la caméra.
Regard clair d'enfant chahuteur.
Raoul.
L'espace d'un instant, il fixe Janine.
Elle est en larmes.

Elle sort du cinéma, blême.
Sur la place, la Mère Busato débouche d'une ruelle, retournant doucement vers son tabac.
Les deux femmes se regardent brièvement au passage, feignant de ne pas se connaître.

La place de l'église, la même nuit.
La carotte du bureau s'éteint.
La place est déserte.
La Mère Busato s'éloigne avec son vélo.
Janine l'épie dans l'ombre.

Musique pianissimo. Celle du début : une chanson d'enfants, remplie d'espoir et d'allant :

Papa, Maman
Votre enfant n'a qu'un œil
Papa, Maman
Votre enfant n'a qu'une dent...

Salle vide du tabac.

Janine y pénètre en douceur.

Se dirige vers la porte de l'arrière-boutique.

Trois gestes brefs et décidés : coup de coude dans la porte vitrée de l'arrière-boutique, serrure débloquée, récupération du « Rollei ».

Regard aux aguets.

Ça va, personne ne l'a entendue!

Elle murmure :

JANINE. – En route...

Elle sort vivement.

Une route de bord de mer.

A l'arrière d'un car, Janine s'en va vers son destin.

Avec gravité, vaillance. Coûte que coûte.

C'est une claire matinée de soleil radieux.

Les beaux jours sont revenus.

Des mots s'inscrivent sur l'écran en guise d'épilogue :

... *Quelques mois plus tard, Janine alla passer son premier examen de grossesse...*

Grâce à un miroir, elle put voir la forme de son bébé dans son ventre...

Comme il bougeait déjà beaucoup, le médecin dit :

« Ce sera un petit agité. »

Aubin Imprimeur
LIGUGÉ, POITIERS

Achevé d'imprimer en mars 1990
pour le compte de France Loisirs
123, bd de Grenelle, 75015 Paris
N° d'édition 16344 / N° d'impression L 34748
Dépôt légal, mars 1990
Imprimé en France